Thomas Kunst

DIE ARBEITERIN AUF DEM EIS

Gedichte und Briefe

„Manchmal gibt es nichts Betrüblicheres, als zu sehen, wie die Voraussagen, die man gemacht hatte, sich erfüllen – dies ist eine Art Demonstration, wie armselig das Mögliche ist."

PAUL VALÉRY

1

lose bis selten

ICH WERDE SOLANGE MIT DIR AM STRAND SPAZIEREN
Gehen, bis du mich liebst, hundert Meter
Weiter, noch nichts, keine Liebe, nur Paare, ältere
Paare und Hunde, andere Hunde, etwa zweihundert
Meter weiter, nichts, einfach nichts, noch immer
Keine Liebe, merkwürdig, es passiert gerade
Nichts, wenigstens das ist geblieben, die nächste
Biegung kommt, schräge, birkenähnliche Bäume, schon
Einige Kilometer später, wahrscheinlich Kiefern, dürre,
Knochige, mit Cola übergossene Dalmatiner
In einigermaßen hohen Laborgläsern, liebst
Du mich denn schon, ich war noch nie so der große
Geher, irgendwann hört der Spaß nämlich auch
Auf, Rucksack ausgepackt, Brote, Äpfel, Tee, als
Wenn ich jetzt gerne Tee trinken würde, Zingst, Polen,
Litauische Küste, Karelien, die Ostsibirische See, der
Proviant seit Wochen aufgebraucht, wir schon völlig
Abgemagert, nur Uferwaldfrüchte und die Insektenschatten
Auf den Nadelblättern, ich würde in den Dünen sogar
Undurchsichtige, an Land gespülte Quallen braten, aber ich
Weiß nicht, ob man die russischen Quallen überhaupt
Essen kann, irgendwo landeinwärts liegt bestimmt Omsk oder
Jerewan, aber das hilft uns ja jetzt auch nicht
Weiter, unsere Schuhe kaputt, die Schnürsenkel längst
Mürbe und durchgebrochen, einmal ganz rausgezogen und
Das eine ausgefranste Ende mit einem Streichholz wieder
Durch die Löcher gestochen, man denkt an alles, aber doch nicht
An Ersatzschnürsenkel, nur weil man solange am Strand
Spazieren gehen will, bis der eine den
Anderen endlich liebt, es muß Monate her sein, seit ich
Gedacht habe, wir kämen noch nicht mal ganz aus Ahrenshoop
Raus, bis du dich vollkommen für mich
Entscheiden würdest, Schnee mit Flußläufen, Schnee
Mit den Flussläufen, kiefernähnliche, hirnrissige
Birken, unsere Hündin wurde in der sibirischen Taiga
Von einem Bären gerissen, wir hatten
Unsere Gesichter mit Schlamm, Pinguinscheiße und Pilzen

Eingeschmiert, deshalb ließ uns das Tier in Ruhe, es
Folgte uns anstelle unserer Hündin, ich ahnte von
Weitem, an welcher Bruststelle des Bären von
Innen ihr Bellen zu hören gewesen
Wäre, auf diese Stelle zielte ich
Mit meinem Rucksackschloß, das
Mit der Pinguinscheiße und den Bären
Hatte ich mal vor Jahren bei Galileo gesehen, Guano,
Getrocknete Exkremente, zum Düngen geeignet,
Traktorenwurzeln am Strand, Inseln
Ohne Ende, bewohnte, unbewohnte Inseln, wie weich
Der Boden hier war, in den kalten Taigawäldern dauert
Es rund 350 Jahre, bis abgefallene Nadeln und
Andere Pflanzenreste komplett zersetzt sind, es gibt ein
Gesetz, das 1856 vom US-amerikanischen Kongreß verabschiedet
Wurde und bis heute gültig ist, das Guano Islands Act, wenn wir
Beide, du und ich, wenn wir echte
Amerikaner wären, auf irgendeiner Insel im Eismeer dahinten
Pinguinscheiße finden würden, und diese Insel würde weder
Einer anderen Nation gehören, noch von Bürgern einer
Anderen Nation bewohnt werden, würde dieses noch unentdeckte
Stück Land sofort mit zum
Amerikanischen Staatsgebiet zählen, vorausgesetzt, wir
Würden diese Insel friedlich in Besitz nehmen, das würde ich uns
Beiden zutrauen, ich würde meinen Rucksack im Wasser
Zurücklassen, meine Schlüssel und das Nietenhalsband
Unseres Hundes, Guano Island, Kamtschatka, ich kann nicht
Mehr, wir haben an der Awatscha-Bucht so bitterlich
Gefroren, daß wir vor lauter Verzweiflung
Frieren, ficken und hungern nicht mehr
Auseinanderhalten konnten, unsere Tochter war jetzt zwei
Oder fünf Jahre alt, sie konnte noch nicht sprechen, wir
Hatten ja auch schon lange damit aufgehört, deshalb
Konnte ich noch nicht mal erahnen, ob sich deine Gefühle
Mir gegenüber inzwischen verändert hatten, hätte ich dir doch
Bloß Jahre früher gesagt, daß ich solange mit dir an
Diesem Strand spazieren gehen will, bis du mich

Liebst, ich gefalle mir nicht mehr, du gefällst
Mir überhaupt nicht mehr, jetzt können wir von mir aus
Für immer zusammenbleiben, einmal,
Als ich für Camilla Lily Ivany
Stöckchen, Zweige und abgefallene Nadeln so
Im Schnee anordnete, auf dem Schnee, daß
Sie ein Rentier ergaben, jedenfalls ein
Ungefähres Rentier, ein bestimmt einmal mindestens 350 Jahre
Alt werdendes Rentier, lächeltest du zum ersten
Mal seit Jahren, wenigstens das war geblieben, liebst
Du mich denn jetzt endlich, ich kann nicht mehr, Fischwinter,
Die harten Wendemanöver in der Beringsee, wenn du mich
Gleich liebst, gehe ich auch noch einmal mit Ivany
Märchenwald spielen, ich balanciere dazu
Flugunfähige Seevögel und Moose auf vergessenen,
Russischen Windschutzstangen, Guano Island, was würde
Ich jetzt dafür geben, mit dir zusammen in einer Hütte
Am Wasser Galileo zu sehen, deine Brüste an der Awatscha-Bucht,
Entweder Ivany oder ich, es passiert gerade nichts, wenigstens
Das ist geblieben, Moose, Flechten und schwere,
Flugunfähige Singvögel an der Beringsee, nicht
Mit den Stangen ans Wasser, aber nicht mit
Den Stangen ans Wasser, die Stangen, den
Stangen, Stangen am Wasser, ans Wasser
Die Stangen, die Stöcker, sag du doch auch mal
Was, Wasser, das Wasser ins Wasser, die Stangen, die
Stangen, aber nicht mit den Stangen
Ans Wasser, ich kann nicht mehr, liebst
Du mich, jetzt können wir von mir aus
Für immer zusammenbleiben, Rentiernadeln,
Getrockneter Wind, laß,
Laß uns spazieren gehen, laß uns als
Geschlossene Gruppe im Wasser
Nicht ohne die Stangen
Spazieren
Gehen.

WIR LASSEN UNS ZU SELTEN GEHEN, WESEN

Wie du genießen Unverbindlichkeit,
Entfernungen, die Spielerei zu zweit,
Ich kann nicht ständig schreiben, saufen, lesen,

Zu dritt und daran denken, daß die Zeit,
Obwohl es Frauen gibt, die seltsam leben,
Erkältungen an Wiesen weitergeben,
Die Zeit vergeht, die Spielerei zu zweit,

Obwohl es Wesen gibt, zu dritt, die lieben,
Die sich erklären und dabei erkälten,
Was, glaubst du, soll ich daran nicht verstehen.

Die Wiesen haben sich so hingeschrieben,
Es gibt nur ein, zwei Spielereien, die gelten,
Wir beide lassen uns zu selten gehen.

NACHDEM ICH DIE FÜNFHUNDERT KILOMETER IN EINEM RITT

Runtergespult hatte, um dich vielleicht noch nachmittags
Von der Schule abzuholen, sah ich, wie du am Bahnhof
In einen komplett leeren Straßenbahnwaggon
Stiegst, der mit Girlanden und anderem Schnickschnack
Geschmückt war, Altweibersommer, Karneval für
Arme, im vorderen Waggon waren alle Sitzplätze und ein
Viertel der Stehplätze besetzt, etwa ein
Viertel, an Bahnhöfen
Stehen die Wagen immer ein bis zwei
Gefühlte Minuten länger, wahrscheinlich,
Weil es für die Fahrer spannender ist, noch
Auf Reisende zu warten, die
Mitteljung, stattlich und vom Schwitzen durch das
Laufen mit ihren Rollkoffern aus Übersee schon
Ganz schön durchlässig geworden sind für ihre
Kindliche Freude, endlich mit eben genau dieser
Bahn nach Hause bugsiert zu
Werden, nicht die
Kleinste entgegenkommende Feuerwehr, alles
Wie immer, ich konnte, ich mußte mit
Ansehen, wie sich einige Männer in den hinteren Teil des
Vorderen Waggons quetschten und zu dir
Rüberstarrten, dabei sahst du heute ganz normal aus, eher
Erschöpft und ein wenig gereizt, Mathe, Englisch,
Ethik, zwischendrin immer diese beiden
Freien Blöcke, im vorderen Waggon waren wirklich
Alle Sitzplätze gleich hinter der
Fahrerkabine belegt, du standest allein zwischen
All den Blättern, Spinnweben und Sonnenstrahlen
Im hinteren Teil deines hinteren Waggons, sahst
Wiederholt auf die Straße, den Rhein, und ich
Hatte nicht das Gefühl, daß du meinen Wagen
Erkanntest, die vielen Schiffe, vielleicht, weil
Ich dir in deinem hinteren Waggon
Anhand der Gleise in einem
Vorderen Waggon folgte.

ICH SEH GESPENSTER, SO WIRD NACHT GEMACHT.
Das Geistersehen hat mehr Eleganz
Aus schwarzen Schenkungen, Milieu Balance,
An Springkraut und an Francis B. gedacht.

Nichts wiederfinden, Kompetenzdiät,
Das Schubsen vor dem Wechsel, ärmeln, tasten,
Gedichte und ihr postmodernes Fasten
Aus Lässigkeit und Radikalität.

Spagat im Minus, sinnliche Präsenz,
Die Macht in Frauenhand, Gespenster sehen,
In Schweden, Montpellier und Ciscissi.

Die Angestrengtheit nennt sich Eloquenz,
In Deutschland fällt es auf, kaum durchzudrehen,
Du zuckst, läßt nach und stirbst nicht, c'est la vie.

GESTRANDET UND BEGOSSEN, FLOSSENTAUE.
Das Warten auf die Flut ist nur Getue.
Wir sind wie Fallada und wollen Ruhe
In unsern Häusern, Frauen, haargenaue

Etagen, Ängste, Unentrinnbarkeiten.
Musik, nach Umzügen, bleibt in Kartons.
Die Badenstraße zählt schon mit zur Bronx.
Du wechselst nachts die Mecklenburger Seiten.

Die Seen um Feldberg bringen keinen Frieden.
Wir sehen uns oft bald und sind verwirrt.
Ich hab noch Licht bei dir gesehen, mein Freund.

Dein Hausflur hat sich gegen dich entschieden.
Ein Wal, der nichts mehr schnallt, hat sich verirrt –
Ins Flachwasser von Queens, bei Breezy Point.

(für Micha Gawenda)

DIE JUNGE DOKTORANDIN AUS DER NÄHE VON PADERBORN, SIE
Hatte für ihre Studien drei Monate in Madrid
Zugebracht, zweieinhalb davon in Spanien, ihr Vortrag
Im Forst- und Jagdmuseum Ferdinand von Raesfeld
Interessierte mich nicht im geringsten, aber
Im Spätherbst, wenn du deine Großstadt mal zum
Gesunden, generationsübergreifenden Resignieren
Verlassen hast und sich die Einheimischen
Schon am frühen Nachmittag auf ihre Wintervorräte
In den Speisekammern besinnen, nimmst du hier an der Ostsee
Einfach alles mit, es war ihr Bild auf dem Plakat
Im Edeka Markt, Gesa Ileana Martin, die Kolonien der
Wäscheklammern in ländlichen Regionen, über die
Kulturgeschichte der Halterung von Säuberungsartikeln
In den Zeiten nach der Industrialisierung, warum
Solch ein Vortrag in einem Forsthaus gehalten
Wurde, war mir nach wie vor schleierhaft, das hatte
Bestimmt etwas mit der Geschichte des Windes
In Mecklenburg zu tun, denn bevor der Wind hier
In den Höfen auf die Wäsche traf, war er an Rotwild
Und Füchsen in Bächen entlanggezogen und hatte
Ihnen schon die winzigsten Partikel ihrer bereits
Gewitterten Beute abgenommen, um zu überleben, bis
In die sechziger Jahre war die Aufsteckklammer
Verbreitet, gespaltene oder mit Schlitzen
Versehene Hölzer von hellen, nicht abfärbenden und
Harzenden Baumarten, Klammern, die aber
An den Wäschestücken rieben beim Anbringen und
Abnehmen, in den siebziger Jahren wurden sie dann
Von den Kunststoffklammern verdrängt, um die
Herstellungskosten noch weiter zu senken, wurden die
Schenkelfedern aus Metall immer lascher und
Unbeholfener, so daß von diesen Teilen keine
Gleichmäßige, von der Öffnung der Schenkel unabhängige
Klemmwirkung mehr ausgehen konnte, ich sah die
Ganze Zeit nur Gesa Martins Kleidung vor mir, das, was
Sie ohne Halterung gerade noch trug, ein hellbraunes

Sweatshirt, darüber ein verblichenes,
Hauchrotes Minituch, das noch nicht einmal um
Ihren Hals reichte, ein kurzer, schwarzer Stoffrock,
Beinfarbene Strumpfhosen und helle Sambaschuhe
Von Adidas, wenn man es schaffte, die unter der Strumpfhose
Andrängende Beinfarbe aus den drei, aus den zweieinhalb
Unverschämtesten Monaten ihres so
Schamlos woanders abgelaufenen Sommers nicht auf sich zu
Beziehen, war man trotzdem verloren, durch das
Zusammenpressen der beiden Schenkel an dem
Einen Ende öffnet sich das andere Ende, wird die Klammer
Losgelassen, drückt die Spannkraft
Der Feder die Schenkel wieder zusammen, jedenfalls die
Spannkraft einer Feder aus den sechziger Jahren, bei sehr
Dünnen Leinen mußt du die untere, wirklich völlig
Ausgereizte Klammeröffnung auf das Wäschestück und die Leine
Setzen, bis du selbst schon in der Hand, die mit Daumen und
Mittelfinger sekundenlang die weiteste Klemmspanne
Offen hält, die innersten Organe vor der Feder
An der Leine spürst und nicht mehr
Am Wäschestück selbst, erst in den
Achtzigern, nach einer Rückbesinnung auf die Natur, kehrte
Die Holzklammer aus der Industrie in unsere Regionen
Zurück, den Abschluß ihrer Ausführungen bildete der
Roddy Wäscheclip, ein Vollkunststoffclip aus einem
Stück Polycarbonat, mit großer Greiffläche
Für schwache Hände und einer nach außen
Gebogenen Fixiernase, einfaches Aufstecken, verharren
Lassen, fertig, Haarbänder, klingelnde Gürtel,
Handyüberzieher, an der Ostsee
Nimmt einen eben alles mit, Gesa
Widmete ihren Vortrag einem gewissen Pablo Miranda
Tirado, so würde sich auch erklären, warum
Ihr Tüchlein während der gesamten Veranstaltung nicht
Ein einziges Mal ohne das kleinste Aufsehen zu
Erregen an der Beinfarbe ihrer
Beine vorbei auf den Boden
Fiel.

ICH WERDE WOHL NIE EINE PRAGER FREUNDIN HABEN.
Hätte ich gewußt, daß ich oben in der Vlašská
ulice, auf dem Weg zum Krankenhaus, in
Vjenka Balekovas Kaugummi getreten war, hätte ich
An diesem Nachmittag weniger Schmerzen im linken
Oberen Schulterbereich gehabt, mit dem Elektrobus 292 war ich
Bis zum Laurenziberg hochgefahren, um mich dort in die Obhut
Der Ärzte zu begeben, Stunden vorher hatten mich zwei Polizisten
Um meine Papiere gebeten und mir tausend Kronen
Strafgeld abgenommen, da ich auf dem Kleinseitner
Platz, nur etwa hundert Meter von einer Schule entfernt, Horka
Lihovina aus der Flasche getrunken hatte, sarvatka,
Sarvatka, der Bus, der nur elf Sitzplätze
Hatte, wurde mit einer Lithiumbatterie
Betrieben, die eine viel höhere Leistung als
Die herkömmlichen Blei-Akkumulatoren aufwies, Vjenka
Balekova hatte ihren Kaugummi ganz offensichtlich an
Ihrem Hals und den für Sekunden
Erstaunten Brüsten vorbei auf die Straße
Gespuckt, ohne jemals dafür
Belangt worden zu sein, die Haare so streng
Hochgesteckt, als könnte man im gleichen Atemzug auch das
Quengelnde, fehlerhafte Verhalten von Balekovas
Gesamtem Oberkörper in diese
Die Wangenknochen
Verjüngende Disziplinierungsmaßnahme mit
Einbinden, an der Endstation, im Hof
Des Krankenhauses der Barmherzigen Schwestern war ein
Widerstandsfähiger Stromanschluß installiert
Worden, nach sechs bis neun Stunden am Netz
Reichte die Batterie für weitere neunzig bis
Hundert Kilometer, die Prager Verkehrsbetriebe hatten gleich
Zwei dieser Fahrzeuge angeschafft, in Italien fuhren
Solche Elektrobusse schon seit Jahren, in Catania, Bologna und in
Den Abruzzen, ich bemerkte ihren Kaugummi unter
Meinem linken Schuh erst im Wartezimmer, ein Streichholz oder
Ein nie mehr zu benutzender Schlüssel war nicht

Zur Hand, Vjenka war höchstens fünfundzwanzig Jahre
Alt und wog vielleicht siebenundsechzig bis siebzig
Kilo, was aber nach meinem Dafürhalten zu keinen
Nennenswerten Erschütterungen ihrer Augenfarbe
Geführt hatte, das Braun blieb in
Den Gassen zu meiner Verwunderung
Blau, Leichtigkeit
Konnte sich so schnell
Abnutzen, sie fuhr sonst nie mit
Diesem Bus, der jeden Tag vor der Botschaft der
Vereinigten Staaten einen Zwangsstopp
Einlegen mußte, die beiden Polizisten hätten
Mit ihren Spiegeln und Taschenlampen nicht nur
Das äußere Fahrgestell abgesucht, wenn sie geahnt
Hätten, daß ein Mädchen wie
Vjenka Balekova, in welch einer Form auch
Immer, in einer derart
Von Nerven durchzogenen Höhe den
Spiegeln und Lichtnestern Amerikas
Unter sich trotzte, der Boden, der
Boden im Bus war sich jedenfalls nicht mehr so
Sicher, ob mein ganzes Auftreten
Während dieser Kontrolle überhaupt
Noch mit zu ihm
Gehörte.

DIE AMEISE HIER AUF MEINEM KÜCHENTISCH KÖNNTE
Nicht einfach umkippen, wenn ihr schummrig
Wird, schlecht wird vor Anstrengung, diesen
Einen Brotkrümel über das beleuchtete Feld eines
An den Seiten so jämmerlich
Ausgebauten Eishockeystadions zu
Schleppen, nirgends auch nur
Eine einzige Bande, die leeren Wasserfälle
An den Rändern, die offene Ofenklappe, das
Kinderstuhlgerüst, die Abwesenheit einer anderen,
Sich schon warm spielenden Mannschaft, Gretzkys
Büro, Wayne war der einzige Spieler, der
Jemals auf einer Eisfläche hinter dem
Gegnerischen Tor ein eigenes Büro
Hatte, als er im Sommer seinen Wechsel von
Den Edmonton Oilers zu den Los Angeles Kings bekannt
Gab, erschienen sämtliche Zeitungen in Edmonton
Mit Trauerrand, würde diese einzelne Ameise
Jetzt auf dem Eis auf ein für sie allein zu
Großes Beutetier treffen, auf
Einen Nachwuchstrainer oder einen Kartenabreißer, würde
Sie dieses Tier trotzdem angreifen und versuchen, ihm
Mit den Kiefernzangen eine Wunde zuzufügen, in
Die sie dann aus der Giftdrüse ihre Säure
Spritzt, diese leicht flüchtige Säure
Signalisiert dann ihren Artgenossen, daß sie es
Allein nicht schafft und Unterstützung
Braucht, aber ich hatte schon vorsorglich
Alle Ausgänge mit Backpulver und Lavendel
Versehen, nur noch die Arbeiterin, der Puck und
Der Nachwuchstrainer im Stadion, der Puck in der Nähe
Von Gretzkys Büro, der Nachwuchstrainer
Gekrümmt auf dem Boden, die Säure, das
Gift, die Ameise am Rand ihrer Verzweiflung, hätte
Sie zwischen dem dreiundzwanzigsten Juli und dem
Dreiundzwanzigsten August Geburtstag, wäre
Sie ein Löwe, Tagestrend: unangenehme Nachwirkungen

Einer menschlichen Enttäuschung innerhalb der
Partnerschaft, aber diese Ameise war kein
Löwe, alle Eingänge zum Stadion waren zu
Hochgelegen oder schon meilenweit vorher
Verstopft, für ihre Enttäuschung
Brauchte sie keine Unterstützung, sie war viel zu
Flink, als daß du eine Nähnadel unter ihr
Hindurchschieben und sie kurz anheben
Könntest, indem die Nadelspitze etwa
Unter der Mitte ihres Hinterleibs, ohne daß
Du schon eine Einstichstelle zum schrägen,
Ruckartigen Aufrichten der ganzen Nadel
Gefunden hast, aufsetzt, um die Ameise, für sie
Selbst überraschend, auf ihren Rücken zu
Drehen, sie würde neben dem Nachwuchstrainer
Auf dem Boden liegend wie eine
Liebende aussehen, ich glaube kaum, daß das
Auf der ganzen Welt schon mal jemand
Ausprobiert hat, der mit einfachen,
Zierlichen Arbeiterinnen auf dem Eis nichts
Anzufangen
Weiß.

DU BRAUCHST DICH NIEMALS MEHR FÜR MICH ZU SCHÄMEN.
Ich werde nicht mehr vor den Schulen stehen,
Zu wenig Bildung für ein Wiedersehen,
Nur Neigungen von Brot bis Radio Bremen.

Ich habe dich anscheinend nie beschissen
Genug behandelt, daß es für uns langte,
Mir war nicht klar, woran ich mehr erkrankte,
Am Tod oder am Handy unterm Kissen.

An deinen freien Tagen bist du wer,
Mit facebook, web.de und wer-kennt-wen,
Nur sag mir rechtzeitig, um wen du wirbst.

Rod Stewart ist schon viel zu lange her,
Erspare mir, euch einkaufen zu sehen
Und melde dich erst wieder, wenn du stirbst.

NOTIZEN ÜBER MÖWEN UND GEDÄRME,
Ich denke an fast alles und an nichts.
Ein Haar ist ein Gelenk deines Gesichts
Und knackt nicht mal bei Demut oder Wärme.

Die Fische unter den Rialto-Brücken
Nicht ohne Kopfverband, Gerätegrab.
Und dieses Wort, das mir ein Mädchen gab,
Mich fast mit ihrer Liebe zu erdrücken,

Versank als Spracheinheit von Ericsson
Am ersten Abend neben scheuen Tieren.
Im Wasser lohnt es sicht, Portier zu sein,

Laterne, niemand hätte was davon.
Man könnte neben Kurznachrichten frieren
Und wäre eine Zeit lang nicht allein.

ES SIND DIE LETZTEN SCHÖNEN TAGE HIER
Auf dieser Welt, ich weiß, was nötig wäre,
Mit einem Ascher, einer Gartenschere,
Zertrümmer ich den Tisch mit Schalentier.

Wir hören Gieseking und warten lange,
Daß von den Ratten endlich Zeichen kommen
Und sie sich warnen, uns mal ausgenommen,
Bewegung mit Geruch in vollem Gange.

Gedächtnistraining ohne Instrument,
Die Einbeziehung des gesamten Arms,
Gaspard de la nuit in Zattere.

Das Licht, das uns von Heilgetränken trennt,
Die Flügeladern des Insektenschwarms,
Baronia brevicornis, flattere

(für Gaston Salvatore)

VEREINIGUNGEN, TROST, DAS MEER IM FLUR.

Wenn du nicht gehen willst, ich kann dich schleppen,
Durch Gassen, über Kinderwagentreppen,
Doch hinterher von Kindern keine Spur.

Gestank von Kleiderständern, falls die riechen,
Die Mantelränder, umgenäht, sind länger
Mit Feuchtigkeit versehen, stinken strenger,
Verbeugen wir uns tief genug und kriechen

Durch den Palazzo, neben Küchenzeilen,
Tapetensalz und Badesteinen lang,
Auf diesem Boden will ich alles machen.

Es ist gleich fünf, wir müssen uns beeilen,
Fantina mit den Eimern, mach mich krank,
Das Meer noch nicht im Flur, das Licht geht krachen.

FÜR EINEN TAG WAR ICH GESCHÄFTSFÜHRER VON
Einschlaf.de, einer Internetplattform, die es jungen
Frauen bis sechsundzwanzig Jahren ermöglichen
Sollte, die Nacht nicht allein verbringen zu
Müssen, gegen einen Aufpreis von nur fünf Euro war man
Schon dabei, Bedingung war lediglich, bei der Altersangabe
Nicht zu lügen und ein aktuelles Foto im Anhang
Mitzusenden, da dieses Unternehmen nur aus mir
Bestand, konnte ich es mir aussuchen, ja oder nein zu
Sagen, Berührungen, Bevormundungen oder gar
Vor der Frau einzuschlafen, waren bei Strafe
Untersagt, als erste kam
Allergie-Iris, es war wirklich eine
Tortur, ich mußte die Katze aus dem Haus
Jagen, meinen Teppich zusammenrollen, sämtliche Vorhänge
Abnehmen, die Spinnennetze mit Kölnischwasser
Abtupfen, die Hausschuhe mit ungespritzten Apfelsinenschalen
Und Watte ausstopfen, aber die Watte sich vorher mit
Lavendelöl vollsaugen lassen, den Staubsaugerkopf
Mit einer Plastiktüte zum Ersticken bringen, derweil Iris
Im Bett lag und mir zusah, mir war nicht klar, daß man
Trotz einer Allergie seinen Körper so makellos und
Afrikanisch offensiv gegen die scheue, lachsfarbene
Diktierwand eines Seidenschlafanzuges drücken
Konnte, den Seidenschlafanzug hatte die Geschäftsführung in den
Allgemeinen Rahmenbestimmungen so vorgesehen, mit oder
Ohne Knopfleiste, diesen Spielraum gab es, an Einschlafen
War jedenfalls nicht zu denken, aber ich glaube die fünf Euro
Von Iris waren trotzdem gut
Angelegt.

ERBÄRMLICH IST DER UMGANG MIT DEN WORTEN
In Poesie und lyriknahen Gremien,
Im Mittelpunkt steht meistens ein Bohemien
Aus Großverlagen, Suhrkamp und Konsorten.

Im Peloton die Tempofahrt genießen
Und nur den Widerstand der Luft verfluchen,
Im Windschatten des Vordermanns versuchen,
Zum Windschatten des Wagens aufzuschließen.

Bei Ortsdurchquerung, Stürzen und Defekten
Der Favoriten in der Heimat klaren
Die Fronten auf, Strapazen des Verzichts.

Die Lutscher hassen Winde und Insekten,
Verpassen es, die Löcher zuzufahren,
Ein Hauptfeld ohne Ausreißer ist nichts.

DAS EINFACHSTE: SIE MEIDEN DIE VERGLEICHE
Und jubeln über größte Poesie.

Sie loben, preisen, und sie feiern die,
Die sich im Hauptfeld wähnen, selten bleiche

Und blutleere Gedichtattrappen, starre
Gebilde ohne Trotz und Sprachverlangen.
Im Blick: Die Ausreißer nie einzufangen.
Verfolge das schon mehr als zwanzig Jahre.

Warum gelangt mit den Gedichten niemand
In meine Top Einhundertfünfunddreißig.
Ich hätte jetzt so gerne Gernhardt hier,

Auch Heine, Hacks und deren Sachverstand.
Auf Netzwerke und auf das Hauptfeld scheiß ich
Und lebe wohl: Am Meer. An Land. Bei mir.

(für Paulus Böhmer)

ICH RISS DEN SCHEISSHAUSFLIEGEN AB UND ZU
Die Flügel aus, von wegen Staralüren.
Mein Wagen mit den aufklappbaren Türen:
Ein Cardinal Red Silver Shadow II.

Metallisch blau, die Tiere brummten, Schäden
Am Motor gab es keine, Matsch und Schnee,
In Kurven bis nach Sospel, Moulinet.
Die Arme ausgestreckt, du kannst nicht jeden

Für Enge und Geschwindigkeit gewinnen.
Ich wollte nie bei allzu langen Strecken
Die Fahrer wechseln, ohne Atempause

Erlebten sie die Landschaften von innen,
Die umgekippten Sessel unter Decken.
Wir hatten keine Teppiche zuhause.

(für Max Sessner)

ICH BIN MIT MEINER AMEISE GEGEN EZRA
Pound angetreten, laut Jury lagen wir bis
Zuletzt vorn, aber Pound, Pound kam noch
Mal zurück, auch mit einer Ameise, allein hätte er
Es nämlich nicht gegen uns geschafft, wir spielten
Zu viert Palästina, West Bank, geharkte Sandwege,
Bewegungsmelder, wir mussten uns vorher nackt
Ausziehen, in die Hocke gehen und
Husten, die Ameisen auch, wir
Bewarfen uns mit Ziegelsteinen
Und Würfelzucker, immer einen Ziegelstein und
Ein Stück Würfelzucker im Wechsel, ich verwickelte
Die Jury während des Werfens in ein Gespräch
Über die Eitelkeit des Dechiffrierens, in der
Kulturgeschichte der unmittelbaren ländlichen
Gewißheit bedeutete eine einfache Arbeiterin
Schließlich noch immer viel weniger als eine
Lateinische Zeile von Augustinus, meine Ameise
Hielt inne und staunte, daß meine Ameise
Staunte, erkannte man daran, daß sie Anfang Mai
Fast einen Ziegelstein anstelle eines
Stück Würfelzuckers an den Kopf bekam, nur weil Pound
Im Stillen für sich die Reihenfolge der zu werfenden
Gegenstände geändert hatte und die Arbeiterin
Mir zuliebe nicht diese eine wenigstens für sie relevante
Ausweichbewegung mehr machte, West Bank,
Verunstaltete Sandwege, Elektronik, Beton, aber
Wir konnten doch nicht gleichzeitig fliegen und
Werfen, Venedig, die Dolomiten, Castel Fontana, die
Asphaltierten Patrouillenwege, siebenhundertneunundfünfzig statt
Dreihundertdreiundsiebzig Kilometer, laut Jury, die
Eigens für diesen Wettkampf aus Ulpana und
Migron angereist war, lagen wir bis zuletzt
Vorn, aber Pound,
Pound kam ein letztes
Mal zurück.

HOTEL KARIN, DORF TIROL, ZWÖLFTER JULI, WAS
Hast du zu deinem Mann gesagt, wo du
Am Wochenende bist, ich habe ihm
Gesagt, ich muß mal drei,
Vier Tage raus, den Kopf
Freibekommen, und
Du, was hast du zu deiner Frau
Gesagt, ich habe ihr gesagt, ich fahre für ein,
Zwei Tage in die Berge, ein wenig relaxen,
Wandern, mit der Seilbahn zur Texelgruppe
Hoch, zu den Spronser Seen, irgendwo
Ein Zimmer nehmen, mal wieder richtig
Ausschlafen, ein
Paar Dinge für mich
Ordnen, über die jahreszeitliche Abgeschiedenheit
Meiner Trinkgewohnheiten
Nachdenken, über Fitneß und Selbstmitleid,
Hochmut und Apfelrotkohl, es ist immer das
Gleiche, Größenwahn ist nichts
Anderes als von
Außen zugeschriebenes, bedenklich
Verwildertes Selbstbewußtsein, nicht
Mal hier oben hat man seine Ruhe, aber
Was, was hat dein Mann
Gesagt, er sagte, daß er Montag
Früh den Wagen bräuchte, ja und
Deine Frau, was
Hat deine Frau gesagt, was hat
Deine Frau zu dir gesagt, wonach
Sieht es denn aus, wenn ich
Mich jetzt daran erinnern würde, wäre ich ja
Wohl kaum hier, ich muß zum
Schreiben in die Berge, hier kommen
Mir Ideen, die nicht viel
Aufhebens um sich machen, Circus
Krone Portionen im Lift, Tiger, Wasseranschlüsse
Und eigener Bürgermeister, zuständig für alles

Reizlose in den Bergen, Schule und
Verlorene Zeltstangen auf dem Hinweg, Liebe,
Quartiertausch, das Heimweh der
Anastasini-Brüder in der Manege, das zu Unrecht
Ausgegangene Sägemehl, die Liliputaner
Und Winterrückstände an den Spronser
Seen sind Liliputaner und
Winterrückstände an den Spronser
Seen, niemand, der hier mit seinen Fußkanten
Von Schnee in ehemaligen Schnee
Wechselt, aus Scheu, sich selbst in der Ferne zu
Wiederholen.

LA PLAYA, HANDELSZENTRUM, ABENDROT.
Die Linien zählen alles, zählen nichts,
Das stufenweise Ätzen des Gewichts
Der Kupferplatte, Licht in Lohn und Brot.

Wir beide wollen alles, laß uns losen.
Viskosität der Gärten, Vernis mou,
Ich sehe einer Haarbewegung zu,
Die Zwetschgen handeln hier von Aprikosen.

Die schwarzen Linien sind die grauen, Stufen
Der Helligkeit mit Schaber rauspoliert,
Im syrischen Asphalt nur Syrien sehen.

Betrunken nachts noch Hopper anzurufen,
Die Leere dieses Sommers fast kapiert,
A Woman, Hill and Houses, Road in Maine.

(für Eva)

"

ev. später

BISWEILEN KOMMT ES VOR, DASS LEBENSLUST
Und purer Leichtsinn eine Liebe stören,
Zum Sehnen und zum Nummerntausch gehören
Nur ein, zwei Stimmen, die, in einem Wust

Von unterschiedlicher Erklärungskühle,
Nicht einfach untergehen, Zeichen senden,
Frühmorgens oder nachts die Dinge wenden,
Britannia rauh, Papier von Hahnemühle,

Beständigkeit im Alter kommt in Frage,
Den Block beim Anfeuchten mit Licht belohnen.
Es ist grad ungünstig, ich werde später

Zurückrufen, es gibt auch Feiertage,
Den Morgendusel beim Zusammenwohnen.
Die Skizze ohne Farbe wird konkreter.

NATÜRLICH KOMMT ES VOR, DASS SKIZZENBLÖCKE

Und Trotz im Alter die Beziehung ändern.
Die Nummern tauscht man auch in andern Ländern.
Du trägst die Haarbänder jetzt oft als Röcke.

Er schreibt dir messages, die du erwiderst.
Ihr habt fast nur Kontakt, wenn ihr euch seht,
So selten, daß es von allein vergeht.
In welche Arten du uns untergliederst,

Verrätst du mir, nur wenn du mit mir schweigst.
Was ist ganz süß und brennt auf einer Wiese.
Es hüpft und qualmt, du kannst darüber lachen.

Es ist die Leichtigkeit, zu der du neigst.
In jeder Trennung gibt es eine Krise.
Am Ende kannst du wieder alles machen.

ZUSAMMEN KOCHEN, TANGO-KURS, MUSEUM,
Zur Ausstellungseröffnung und zur Disse.
Du willst zuviel, ich mache Kompromisse.
Vergiß nicht morgen unser Jubiläum.

Dein Telefon liegt auf dem Tisch, behalts
Getrost so bei, die Strahlen in der Nacht –
Ich habe meinen Finger naß gemacht
Und lösch das Display neben deinem Hals.

Wir schlafen wenig, das war erst die zweite,
Die erste Nachricht klang schon sehr vertraut.
Du antwortest nicht gleich, das kann noch warten.

Die Walther weicht mir nicht mehr von der Seite.
Ich mache Übungen und bin nicht laut.
Die Sehnsucht zählt zu deinen Eigenarten.

ICH GLAUBE, DU ERZÄHLST NICHTS MEHR VON IHM,
Weil ich in deinen Augen übertrieben
Dramatisch reagierte, Tränen blieben
Als Zeichen unbedarft und legitim.

Verschon mich nicht, im Falle eines Falles.
Ich hab als Geher Fortschritte gemacht.
Du wohnst ja fast allein, und eine Nacht,
In der ihr nur getanzt habt, ändert alles.

Bewegungen, Geruch, dein Haar betont,
Was Kleider für Sekunden übertreiben.
Für diesen Leichtsinn wirst du niemals büßen.

Dein Zimmer wirkt am Abend unbewohnt.
Was bleibt von uns, wenn wir bescheiden bleiben.
Es steht nicht fest, ob wir uns weiter grüßen.

NACH OSTERN DACHTE ICH, ES SEI VON NUTZEN,
Dich gleich nach Ostern sofort anzurufen.
Ihr wähnt euch fast auf völlig neuen Stufen.
Du nimmst dein Handy mit zum Zähneputzen.

Genau am Hahn, dicht bei den Wasserfällen,
Verliert dein Telefon, auf stumm geschaltet,
Geduld, der Beckenrand ist längst veraltet.
Die Vibrationen haben Nervenzellen.

Die Zahnpasta bei dir ist für uns beide,
Aus einer Drogerie in Mosbach, Kräuter,
Obwohl ich Kräuter immer schon verfluchte.

Du warst dir sicher, daß ich nicht nur leide.
Ihr seid schon sehr vertraut, vielleicht bereut er,
Daß er dich anrief, während ich dich suchte.

IN EIN, ZWEI WOCHEN WIRD ES FAST EIN JAHR.
Im Park das Glashaus, Saft, Toilettengänge.
Dein Fahrrad zwischen uns in Überlänge.
Ob ich schon oft in festen Händen war.

Dein Haar an meinem Knopf hat ausgesetzt.
Der Lido, Wilthen und die Spinnerei.
Verzeihe mir, daß ich dir jetzt verzeih.
Ich habe dein Gewissen überschätzt.

Das Osterreiten, deine Angst vor Pferden.
Die Autobahn und ihre Möglichkeiten.
Wer Schmerzen zufügt und getrieben ist,

Der muß auch damit rechnen, alt zu werden.
Wir mühen uns, den Abschied abzustreiten,
Die Sicherheit des Lügens und des Liebens.

ES HAT AUCH EINEN NACHTEIL, ZU VERGEBEN.
Ich hab verstanden, was man nicht versteht.
Man bleibt nicht attraktiv, wenn man nicht geht
Und liegt mit jeder Angst ein Wort daneben.

Das Screening, Nachteile der Früherkennung.
Wir sind gedämpft, die Trauer hat nichts Wildes.
Das Unglück eines ungemalten Bildes.
Im nächsten Anlauf schaffen wir die Trennung.

Er ging für dich ins Wasser, Ende März.
Vermutlich ist er daran nicht gestorben.
Die erste Nacht, die Gnade und die Callas,

Der Hochmut und die Skizze eines Pferds.
Du wirst bestimmt bald wieder so umworben.
Nur ist es nichts und vorher war es alles.

DU KENNST DAS, NICHT ZU HAUSE AUFZUWACHEN.
Berufsverkehr, das Licht, dein Fahrrad lehnt
Zum Glück am Vorderhaus, so ausgedehnt
Der Ausflug war, du mußt jetzt Dinge machen,

Die gar nicht leicht zu regeln sind beim Fahren,
Woher du kommst, du hast doch aufgepaßt,
Von einer Freundin, falls du eine hast,
Den Weg aus Lindenau kannst du dir sparen.

Du legst dich nicht gleich schlafen, bist erschöpft,
Das Viertel zögert noch und tut sich schwer.
Dein ungemachtes Bett wirkt angeschlagen.

Du hast dir deine Küche vorgeknöpft,
Weil niemand fragte, wo kommst du jetzt her.
Dein zweites Aufstehen hat nichts mehr zu sagen.

ICH HATTE GÄSTE, DU WARST UNTERWEGS
Zum letzten Treffen, einmal und nie wieder,
Die Gäste waren Gäste, Gläser, Glieder,
Die Stunden waren Stunden, keine fakes.

An Schlaf war nicht zu denken, nur an Schlaf,
Ihr solltet euch verabschieden, sonst nichts,
Ein Abschied hält in Teilen des Gesichts
Den Trost auf Abstand, Trauer bei Bedarf.

Wozu die Liebe, wenn es Apathie
Und Sehnsucht gibt, die alles überstehen,
Du wolltest die Beziehung nicht gefährden.

Die Gäste waren Gäste wie noch nie.
Die Stunden blieben Stunden beim Vergehen.
Es sollte euer letztes Treffen werden.

DER MÄNNER UND DER FRAUEN WEGEN TATEN

Wir so, als wären wir von uns befreit,
Allein in unseren Zimmern, nie zu zweit,
Versuchten wir, uns niemals zu verraten,

Versuchten es und scheiterten erheblich,
Die Telefone glichen Wohnzikaden,
Ein Klingeln hatte sich nicht zugetragen,
Auf wilde Einsicht hoffte ich vergeblich.

In Cannaregio gingen wir auf Sand-
Canälen bis zum Rio della Sensa,
Wir tranken Wasser, wollten nicht verkalken,

Verließen uns und waren bei Verstand,
Ci sono numeri di emergenza,
Die Stimme hatte nur noch einen Balken.

III

la serenixima

WIR DENKEN UNS DIE SELTENHEIT UND TRINKEN

Formelle Kleiderordnung an der Bar
Die Rebellion, die einmal wichtig war
Erschöpft sich vor Betuchten, die nicht winken

Die Haare kurz, die Stoffe grau, gediegen
Belluccis mit Bellini in den Gängen
Lagunenseelen, die nach innen drängen
Mein Wunsch, noch einmal weniger zu wiegen

Im Do Leoni seh ich Depardieu
Doch Doppelgänger dauern nur Sekunden
Ich sterbe und die Türsteher sind gnädig

Ein Hubschrauber vor dem Château Tigné
Die Frau, die mich nie liebte, ist verschwunden
Ich bau in meinem Waschbecken Venedig

ICH BAU IN MEINEM WASCHBECKEN VENEDIG
Aus Seifensplittern nach und Streichholzstangen
Serviettenabfall, Marshmallows, gefangen
In Tesafilm, Terrassen, lediglich

Sirenen, Acqua alta, Kemenaten
In einer Steilwand in der Calle Corner
Palazzo Barbarigo, eingefrorener
Amaro Montenegro ist kein Garten

Bei aufgedrehtem Hahn verlieren Atem
Und Seifensplitter ihren Halt am Rand
Die Frau, die Heimweh hatte, bleibt nicht ewig

Betrink dich nicht allein hier, si vis pacem
Signalcreme, wo das Cipriani stand
Ein Kopf an einem Kopf ist nie zu wenig

EIN KOPF AN EINEM KOPF IST NIE ZU WENIG

Wozu noch Trennungen, die wir nicht merken
Und Abschiede, die unsere Liebe stärken
Ich habe in deinem Haar versehentlich

Die Hand mit meinem Schlüssel liegen lassen
Von allen Anhängern zuerst die Brücken
Wir küssen nicht am Briefende, wir drücken
Zudem wir wochentags auf den Terrassen

Ganz unterschiedlich auf die Gondeln starren
Für dich sind sie Bananen, für mich Gyros
Wir scheitern an Vergleichen, weil wir trinken

Ich seh im Dunkeln Straßenbahnen fahren
Und laß womöglich gleich die Haare los
Denn Straßenbahnen müssen hier nicht blinken

DIE STRASSENBAHNEN MÜSSEN HIER NICHT BLINKEN
Laguna Nord, Palude della Rosa
Villosa, Apfel-Rosen, La Certosa
Die Fahrten nach Torcello zum Verlinken

In Harry's Bar geht alles endlos weiter
Europas Dunkelheit im Regen rege
Ich sehe in Gesichtern alte Wege
Von Glück, Bedarf und Schönheit längst entzweiter

Entschiedenheit beim Sehnen ehemals
Geliebter Wesen, die sich nie verspäten
Ich bin wie sie und finde nichts dabei

Idee der Logik eines Aufenthalts
Die Säure kommt und geht ganz ungebeten
Seitdem du weg bist nehm ich ab, verzeih

SEITDEM DU WEG BIST NEHME ICH AB, VERZEIH
Gebäck, mein Herz, Gebäck für dich, un etto
Ich brauchte Wechselgeld für das Traghetto
Die Muscheln auf dem Lido sind aus Blei

Was wickelte ich früher von den Flaschen
Die Kapseln von den Hälsen trister Weine
Mit diesen Nuggets hielt ich mich alleine
Am Leben, Kindersilber in den Taschen

Den Schwermetallgehalt nach fast zehn Jahren
Wenn erst die dünne Zinnschicht durch die Nässe
Zerstört ist, schmeckst du nicht, weil du vergibst

Der Säure, die das Zinn verschont, der wahren
Geschichten wegen halt ich meine Fresse
Ich werd solang dein Freund sein, bis du liebst

ICH WERDE SOLANGE DEIN FREUND SEIN, BIS DU LIEBST
Dann will ich unbemerkt von dir verschwinden
Vergessen, was mich jemals an dich binden
Und derart fesseln konnte, du verschwiegst

Mir, daß die Fähigkeit zur Liebe fairen
Bedingungen gehorcht mit Korrekturen
Die Ponte delle Tette ohne Huren
Wer schwul vom Meer zurückkommt, soll begehren

Wir wollten alles, hörten *Life on Mars*
Im Brief hast du jetzt doch einmal zuviel
Verlieb dich nie in mich gesagt, du gibst

Mich damit auf, die Angst war eine Farce
Von einem übertriebenen Gefühl
Kannst du dich noch erinnern, was du schriebst

KANNST DU DICH NOCH ERINNERN, WAS DU SCHRIEBST

Disziplinierungscodes im Liebesleben
Verschwendungen und Inversionen eben
Ich wollte dich, nicht weil du übrig bliebst

Die Samstage im Centro, Wasserscheine
Salotto mit Klavier und Tastentuch
Und gleich kommt meine Möwe zu Besuch
Ich habe sie markiert, es ist die eine

Mit diesem Kugelschreiberstrich am Hals
Ich denk ihn mit, es fehlte nur ein Meter
Wir können tun und lassen, wir sind frei

Wenn du am Tag woanders schläfst, nur falls
Verrate mir das lieber Jahre später
Hab keine Scheu, ich habe Angst für drei

HAB KEINE SCHEU, ICH HABE ANGST FÜR DREI

Du nimmst die Erdnüsse von einem Löffel hier
Nicht einfach aus der Schale, folge mir
Beschränkung führt fast nie zur Zauberei

Ich könnte mich in deiner Gegenwart
Auf Blätter stellen, um dich zu erreichen
Mit deinen Beinen ist nichts zu vergleichen
Bei solchen Gleisen muß der Bahnhof zart

Und mächtig sein, am Fischmarkt Menschenmassen
Ich habe die Asiatin, die sich setzte
An meinem Tisch gemalt, der Tisch blieb leer

Die Zuckertüten ständig anzufassen
Ist gar nicht meine Art, das Allerletzte
Als Freund etwas zu taugen, nie als Liebster

ALS FREUND ETWAS ZU TAUGEN, NIE ALS LIEBSTER

Was bliebe, wenn sich nichts veränderte
Nur Ungeduld, von Schmerz geränderte
Geschicklichkeit und Launen, Laisser-faire

Wer wagte es, sich so was auszumalen
Die Grenzen des Verzichts der eingelösten
Beteuerungen, welche Sätze trösten
Und welche nicht und unter welchen Qualen

Behaupten wir, daß Freundschaft alles wäre
Und alles andere nichts, wo bleiben Sucht
Begehren und Erklärungsnot, ich schweige

Auf deine Frage, wem ich zugehöre
Auf deine Frage hin, zu dir, verflucht
Erspar mir diese Demut, wenn ich bleibe

ERSPARE MIR DIESE DEMUT, WENN ICH BLEIBE
Sich nie zu lieben, niemals hinzulegen
Es ist hier oft so eng, daß du bei Regen
Den Schirm nicht offenhalten kannst, verschreibe

Dich bitte einmal, falls du dich erinnerst
Und schreibe meine Straße anstatt deiner
In deinen Absender, den sicher keiner
So liest und auch begreift wie ich, du hinderst

Die erste Angst an einer zweiten nur
Ich möchte mit dir einen Tag lang nackt
In deiner Stadt die eigenen vier Wände

Den Tisch benutzen, Stühle und den Flur
Ich habe alles von dir eingepackt
Familienglitzern abgewehrter Hände

FAMILIENGLITZERN ABWEHRENDER HÄNDE
Bis hierher und nicht weiter, keine Angst
Ich denke, daß du immer wieder schwankst
Ob du mich ganz verlieren magst, verschwende

Nicht meine Zeit mit deinen Dringlichkeiten
Mit Instabilität und Langeweile
Als ich dich wollte, schrieb ich keine Zeile
Du wolltest nie, das kannst du nicht bestreiten

Die eiweißreiche Kost kann ich mir schenken
E non mi dire più che ho bevuto
Am liebsten hab ich an der Küste Fieber

Ich muß schon länger an Systolen denken
Und doch, mein Herz bekommt genügend Blut so
Der Mann an deiner Seite, wie verblieb er

DER MANN AN DEINER SEITE, WIE VERBLIEB ER

Er hat bestimmt Humor, liebt Kinder, Hunde
Du mußt es hinkriegen, daß er gesunde
Begehrlichkeiten in dir weckt, was schrieb er

In seiner ersten Nachricht, Scheiß Venedig
Zu weit entfernt, was mir fast widerstrebt
Ich wüßte gerne, wie ihr fickt und lebt
Mein Gott, verschon mich damit bitte ewig

Ich sehe euch mit Hund und Kindern vor mir
Am Rio Terrà delle Carampane
Die Stufen schafft ihr schon allein, ich biege

Von deinem Bild die Stelle unter dir
Nach vorne ab, wenn ich mein Leben plane
In Liebe oder Ablehnung, in Liebe

IN LIEBE ODER ABLEHNUNG, IN LIEBE

Wenn ich begehrte, ging es selten Jahre
Obwohl ich Ewigkeit für eine klare
Entscheidung eines Schwachsinns ohne Triebe

Gehalten habe, hielt es nie für lange
Das Wasser steigt, Paläste gehen baden
Ich will zurück und werde ausgeladen
In vielen Drinks steckt die Getränkestange

Ob Bootsgewürze oder Giuggiole
Die Früchte werden kaum noch kultiviert
Ein Vorhof ist zugleich Betriebsgelände

Entspannungsphase einer Diastole
Ich hab dir meine Sehnsucht offeriert
Das tut mir leid für dich, das ist das Ende

ES TUT MIR LEID FÜR DICH, DAS IST DAS ENDE

In San Tomà, in Sachsen gelten Dinge
Die gar kein Wasser brauchen, Schlüsselringe
Und nachträgliche Frauen für die Strände

Was ausbleibt zählt zu den Ernüchterungen
Hat andererseits das Zeug zur Illusion
Ich finde, diese Stadt hat keinen Ton
Das Holz hat sich kein Lächeln abgezwungen

Das Wasser kommt und geht wie überall
Der Trost ist auch Begnadigung des Sehens
Ich werde nur noch liegen, nicht mehr winken

Die Menschen waren in der Überzahl
Verabschiedung in Form eines Verstehens
Wir denken an die Seltenheit beim Trinken

WIR DENKEN AN DIE SELTENHEIT UND TRINKEN
Ich bau in meinem Waschbecken Venedig
Ein Kopf an einem Kopf ist nie zu wenig
Die Straßenbahnen müssen hier nicht blinken

Seitdem du weg bist nehm ich ab, verzeih
Ich werd solang dein Freund sein, bis du liebst
Kannst du dich noch erinnern, was du schriebst
Hab keine Scheu, ich habe Angst für drei

Als Freund etwas zu taugen, nie als Liebster
Erspar mir diese Demut, wenn ich bliebe
Familienglitzern abgewehrter Hände

Der Mann an deiner Seite, wie verblieb er
In Liebe oder Ablehnung, in Liebe
Das tut mir leid für dich, das ist das Ende

IV

günaydin askim

Liebster Feri-San,

mein Gott, Winterferien, der verheerende Schlaf und die Ödnis
der Ostsee, das Meer macht hier keinen Sinn, ich muß es in mei-
ner Kindheit wohl immer zu lange betrachtet haben, die speckige
Mole, die angebundenen Boote, Johanna Maria II, Yelda, Holsten
Queen, keine Yachten, die Dampfer nach Hiddensee, die entfern-
teste Insel der Welt, der Geruch nach Fischbottichen, Algen, See-
tang, die Marinehygiene, der Dänholm, die Parkanlagen nur für
die Militärs, Winterferien, Winterferien, alle Freunde sind weg,
im Schnee, ich würde so gern Dichter werden, weil ich, glaube
ich, als Musiker nichts tauge, viel zu träge und unaufgeregt bin,
aber, mein lieber Freund, als Dichter brauchst du eine Schreib-
maschine, und woher soll ich die nehmen, vielleicht bleibt mir
doch nichts anderes übrig, als einmal in die Hauptstadt zu fahren,
alle fahren dorthin, nur ich nicht, aber solange ich keine Schreib-
maschine habe, kann ich es sowieso vergessen, vollgekritzeltes
Papier bedeutet gar nichts, Winterferien, Pausen und die Ödnis
der Ostsee, es schneit, ich hab noch nie und mache mir langsam
Sorgen, alle haben schon, nur ich noch nie, wenn ich wenigstens
wichsen könnte, aber ich hab noch nie, alles zu eng und unkon-
trolliert, bestimmt wäre es viel erträglicher für Haut und Seele,
ein Leben lang ohne Ficken auszukommen, wenn sich in polni-
schen oder ungarischen Filmen mal Liebesszenen ankündigten,
ging mein Vater immer an den Fernsehapparat und drehte das
Bild dunkler, nur der Ton blieb, wie eine Hand eine Brust oder
einen Schenkel berührte, ohne dabei zu quietschen oder zu
schuppern, nur Berührungen, die von den Männern ausgingen,
der beschleunigte Atem, die Verwahrlosung der Vornamen, mein
hochrotes Gesicht, als das Bild wieder hell war; nach einsetzen-
den Autogeräuschen oder Hundegebell, auch in Polen und Ungarn

wurde regelmäßig zur Schicht gefahren, an Höfen und dünner besiedelten Landstrichen vorbei, bis gestern wußte ich nicht, daß da unten außer Pisse noch was anderes rauskommt, die verhärtete Substanz auf meiner Schlafanzughose, Frottee konnte extrem gut Wasser aufnehmen und wegen der besonderen Webung sehr schnell wieder trocknen, morgens, nach dem Aufwachen, ich mußte an Claudia Cardinale denken, *Spiel mir das Lied vom Tod*, diese Brüste, mein Gott, diese sinnliche, italienische Verbranntheit in der Wallachei von Flextown, meine Schlafanzughose in Stralsund, An den Bleichen, erster Stock, da ich aber von all diesen Dingen keine Ahnung habe, gibt es für mich in Gedanken nur die Delphinstellung, du liegst obendrauf, auf der Frau, hältst unten zu und bewegst dich nicht, dann tut es auch nicht weh, verstehst du, mein erstes Mal, mein erstes Mal, ich hab noch nie, verzeih mir, mein Freund, aber hast du es schon getan, ich muß dir das jetzt alles anvertrauen, ich weiß nicht mehr weiter, ich würde so gern Dichter werden, mein Freund, es schneit, ich hab noch nie, ich mach mir langsam Sorgen, alle haben schon, nur ich noch nie, hier, an der See, an meiner schlichten, gewöhnungsbedürftigen See, ich würde so gern mit dir eine Partei gründen, eine kommunistische, keine sozialistische, damit könntest du mich jagen, aber wir müssen leise sein, unsere Bekannten aus Fröndenberg bei Dellwig brachten bei ihrem Besuch heute einen Weißwein mit, einen richtig guten Weißwein, wie sie immer wieder beteuerten, der aber nur 7,9 Volt hatte, diese Brühe können sie gleich wieder mit über ihre Grenze nehmen, was machst du gerade in Kiel, ich schreibe dir ja gar nicht, ich stammele nur dieses Papier voll, Brieftauben im Winter, die einzige Chance für uns, ich werde immer hier bleiben, immer, weil ich Gedichte schreiben will, weil ich bald allein in die Hauptstadt fahre, weil ich bald richtig wichsen kann und alles andere, weil mir meine besten Freunde verbotene Bücher leihen, die ungefähren Abschriften von Kleist, Hölderlin und Nietzsche, weil ich anders klug werden möchte als in Bocholt oder Meppen, weil ich Stralsund liebe und den Blick auf Stralsund von Altefähr aus, die Hansa-Oberschule, die Klinkerkirchen, weil ich Mecklenburg liebe, mein Land mit den beschränkten Möglichkeiten, weil ich mit dem Schiff immer nach Hiddensee übersetzen kann, weil ich an Deck denke, mein Land hätte ein verwehtes, begehbares Obergeschoß, Feri-San, mir gefällt ein Mädchen aus der zwölften Klasse, Hanka, blonde Locken, vom Rest ganz zu schweigen, wir vertonten an einem Nachmittag das Buch *Amerikanische Bilder* von Jacob Holdt, sie blätterte die Seiten um, ich griff ein paar jämmerliche Gitarrenakkorde, aber keine Barrégriffe, und sie sang dazu, was sie sah, sie sah nicht mich, sie meinte nur die Bilder, mein Vater kam an diesem Nachmittag auffällig oft in mein Zimmer, obwohl er bei seinen Unterrichtsvorbereitungen doch nie gestört werden wollte, ich schwärme so für sie, aber sie ist für mich und meine Vorhautverengung unerreichbar, ich habe mich noch nicht einmal getraut, sie zu küssen, dadurch weiß sie jetzt alles von mir, den Rest erledigte Reiko aus Berlin in Berlin, ich bin mir ziemlich sicher, daß ich sie verlieren werde, auf einer Schuldisco tanzten wir ein einziges Mal zusammen, eng, hoffentlich für immer, Genesis, *Carpet Crawlers*, wir müssen da rein, um rauszukommen, in einer Zeitschrift für die gesamte Hygiene und ihre Grenzgebiete fand ich vor kurzem diesen merkwürdigen Aufsatz:

Über die Schwärmerei

Schwärmerei hat immer ein Ziel, ist eine Verliebtheit, beinahe nur im optischen Sinne, ohne eine wirkliche Kenntnis der auf diesem Wege begehrten Person. Schwärmerei, die ohne den Gedanken an eine zukünftige Lusterfüllung auskommt, ist gleichzusetzen mit gleichgültiger Verliebtheit, deren angehimmeltes Liebesobjekt jederzeit austauschbar ist. Schwärmerei, die aber unreflektiert auf eine unbewußte Lusterfüllung zusteuert, hat ein Ziel, begibt sich in ein äußerst strategisches Wechselspiel aus Macht und Unterwerfung. In dieser Art von Schwärmerei wird alsbald der Punkt erreicht, an dem eine bis dahin aufgestaute Triebäußerung unvermeidlich wird. Schwärmerei geht oft nur über die Augen, braucht keine Sprache. Das macht sie so selbstsicher und unbeherrscht. Es genügt schon eine verschämte oder dahin gedeutete Blickbewegung des Anderen, um zu begreifen, daß das Spiel eröffnet und schon längst verloren ist. Der Schwärmerei aber mit Schwärmerei zu begegnen, führt zum Verlieben. Nur in diesem Falle wird das Machtspiel außer Kraft gesetzt. Diese gegenseitige Erwiderung erfährt ihre größte Kraft in dem Moment, in dem sich die beiden vorher noch inaktiven, nur auf die äußerlichen körperlichen und sozialen Reize bedachten, handelnden Personen darüber bewußt werden, daß die Schwärmerei als leichte, nichts einfordernde oder gar einschränkende Spielart von Anfang an nur dazu ausgewählt wurde, um das Begehren und das Zustandekommen einer hinter jedweder Schwärmerei lauernden, gegenseitigen sexuellen Attraktivität zu verschleiern. Schwärmerei muß sich lohnen, sonst wäre es gescheiter, sich gleich zu lieben.

Liebster, wenn doch endlich Sommer wäre, ich habe mir für Hanka ein Konfekt ausgedacht, eine an den Rändern durchsichtige Erfrischungspraline, du nimmst ein Stückchen Kochschinken, wickelst eine Sauerkirsche darin ein, mit Stein, der verschieden zu kühlenden Schichten wegen, du nimmst so ein leeres, rundes Sahneschächtelchen, das du in der Bahnhofsmitropa zu deinem Kaffee bekommst, drückst dort deine jedesmal anders geformte Praline hinein, gießt Wasser bis an den Schachtelrand und überläßt alles deinem Gefrierfach. Rosa Plunder unterm Eis. Es gibt nur selten Pralinen, bei denen nach dem Lutschen etwas übrig bleibt.
Mein lieber Freund, ich langweile mich so, ich kann mit diesem Februar nichts anfangen, wie verbringst du deine Tage, liest du, lernst du, fickst du, säufst du, kämpfst du, ich schließe mich jetzt jeden Morgen für etwa eine Stunde im Bad ein, bereite mir lauwarmes Wasser in einer Schüssel zu, gebe dort Kamillenblüten, Badusan und aufgelöste Zinksalbe rein und versuche, in dieser

Lauge meine Vorhaut zurückzuziehen, die Hölle, immer ein wenig mehr, wenn ich damit durch bin, kann ich endlich Dichter werden, aber ich bin noch nicht soweit, habe noch Probleme mit der Enge an den Randgebieten, undurchsichtig, zuhalten, zuhalten, am liebsten die Hand noch mit rein, ich muß an Hanka denken, meine erste große, so gänzlich unerfüllte Liebe, ich hoffe, daß das bald alles anders wird, ich gehe jetzt auf den Dachboden, die Pferde anspannen, die Truhen verrücken, nach den Tauben sehen, ihre Augen, ihre Füße und die Flügel prüfen, es schneit, davon habe ich jetzt auch nichts, natürlich habe ich dir noch nie geschrieben, wir müssen leise sein, wir müssen eine Partei gründen, wir beide, auf diesem Dachboden in Mecklenburg-Vorpommern, wir müssen gut zu den Tauben und den Pferden sein, das Geschirr darf nicht klirren, wir dürfen uns nicht vorher erschießen, wir dürfen nicht abstürzen, ich hänge gerade die Wäsche auf, wenigstens dieses eine, mir gerade über den Kopf gezogene Oberhemd, es ist fast ganz weiß in diesem Dämmerlicht, wir müssen leise sein zu den Tauben und zum Geschirr, hörst du, ich habe hier noch nie Angst gehabt, vor wem auch, wenn wir uns zum Abendessen in der Küche unterhalten, stellt mein Vater immer die Musik lauter, obwohl er gar nichts von Musik versteht, er hat ein Streichholz neben den UKW-Knopf in das Radiogehäuse gesteckt, damit dieser Knopf nicht immer wieder von allein hochspringt und uns in unserer Küchenwelt erstarren läßt, je mehr ich lese, umso mehr habe ich das Gefühl, auf ganzer Linie zu versagen, was soll ich deiner Meinung nach mit diesem Satz von Roland Barthes anfangen, er bringt mich schier um:
„Der glücklichen Sexualität entsprach ganz natürlich das unausgesetzte, sich ergießende, jubilierende Glück des Schreibens: indem, was er schreibt, verteidigt jeder seine Sexualität."
Aber was habe ich denn bislang zu verteidigen, mein Lieber, einfach nichts, gar nichts, kein Land, keine Partei, keine Musik, ein paar gelesene Gedichte vielleicht und Claudia Cardinale, als ich etwa zehn, elf Jahre alt war, habe ich an die Rückseite eines

Klaviers, das quer zwischen zwei Wänden stand und ein winziges Raumdreieck frei ließ, ein Bild von C.C. genagelt, immer wenn ich dann hinter das Instrument kletterte, küßten wir uns auch, sie war damals noch genauso groß wie ich, habe ich dir schon von dem Stralsunder Lyriker Uwe Lummitsch erzählt, er sitzt im Rollstuhl, und ich besuche ihn jeden Mittwoch im Behindertenwohnheim, in der Nähe vom Hafen, ein roter Backsteinbau, auf den Fluren riesige Schiebewagen mit gewechselter Bettwäsche, wenn die Schwester keinen Dienst mehr hat, laß ich ihn in die Ente pullern, wenn du den Schwanz fast komplett in den Entenhals schiebst, brauchst du ihn nicht festzuhalten, Uwe liest mir immer Gedichte vor, wir trinken Unmengen an bulgarischem Rotwein, hören Musik, Kate Bush, vor allem Kate Bush, in mir passieren die merkwürdigsten Dinge, wenn ich ihn Gedichte lesen höre, seine eigenen und die der anderen, Vallejo, Ritsos, Cardenal, Neruda, Mistral, Paz, diese Gedichte lassen mich nicht mehr zur Ruhe kommen, ich spüre diese tiefe Wahrheit in ihnen, die Hölle jeder Angst und Kenntnislosigkeit, die nie Gesang sein kann, so komisch das auch klingen mag, aber wenn ich solche Gedichte höre, weiß ich, daß ich hierbleiben möchte, es gibt hier keine Zäune im Wasser, keine Luftmatratzenkontrollen, die Scheinwerfer aber halten die Ablegestrände sauber, Johanna Maria II, Yelda, Holsten Queen, keine Yachten, nur Spielzeugboote in den Farben der Begrenzungsbojen, ich würde so gern mit dir eine Partei gründen, Feridun, jeder von uns im Monat dreitausend Lappen auf die Hand, damit würden wir in etwa hinkommen, wir schaffen die Grenztruppen ab, die Fährtensuchhunde, die russischen Hilfsbrigaden, die sozialistischen Berührungsängste, wir schaffen alles ab, aber wir müssen leise sein, hörst du, ich werde wohl erst Mädchen berühren müssen, um endlich Dichter werden zu können, endlich diese ganzen Mädchen, die Peleikis-Schwestern, Andrea Holtfreter, Heike Zilm, Claudia Fratzscher, Jutta Seibt, Manuela Tesch, Maren Winkler, Carola Büttner, Sylvia Schlie, ich werde zu ihnen sagen, besucht mich zuhause, ich zeige euch die Delphinstellung, ich zeige euch meine Angst unter Wasser, an Land, unter der Couchdecke, auf dem Tischtuch, hinter der Klaviergardine, aber tut mir nicht weh, dann tue ich euch auch nichts, mein lieber Freund, hängen all diese Dinge wirklich so elementar zusammen, wie ich es vermute, ich würde so gern Dichter werden, auf diesem Dachboden hier, hörst du, und ich habe nicht die geringste Angst, vor wem auch immer.

Dein dich liebender Freund

Liebster Feri-San,

meine Tochter Charlie ist inzwischen drei Jahre alt, ich habe die
erste Frau geheiratet, mit der ich Sex hatte, schlechten Sex, aber
das lag an mir. Nach einem Streit im Stadtzentrum zog sie ihren
Ehering vom Finger und warf ihn weg. Ich weiß bis heute nicht,
wie sie es emotional hinbekommen hat, ihn so zu werfen, daß er
so verdammt innig und ausgesprochen lange rollte. Ich schreibe
gerade an meinem ersten Roman. *Die Ernennung der Jugend zum
Schlaf.* Als ich heute Abend ins Zentrum fuhr, stand ein Panzer neben
einer Einkaufspassage. Zum Glück war keine Adventszeit. Es wa-
ren nicht viele Menschen unterwegs. Der Panzer fuhr auf uns zu.
Ich lief dann in die entgegengesetzte Richtung, aber ich lief. Vor
etwa einem Jahr bekam ich eine erneute Musterungsaufforderung
für eine Einberufung zur Reserve. Mitzubringen sind Turnhose
und Personalausweis. Ich war gerade mit Charlie allein und ging
sofort einkaufen, holte mir Weinbrand und etwas Johannisbeer-
most, zum Strecken. Nach ein paar Gläsern setzte ich mich an
meinen Schreibtisch, zitierte ein paar Sätze aus dem *Ewigen Frie-
den* von Kant und schrieb in eigenen Worten dazu, daß mit mir in
diesem Land nicht mehr zu rechnen sei. Ich hatte Glück und
wurde niemals zugeführt. Habe ich dir jemals erzählt, daß ich hier
noch nie zu einer Wahl gegangen bin. Ich habe die Partei und ihre
Mitglieder von Anfang an gehaßt. Besonders die Menschen, die
die Partei von innen ändern wollten. Warum nicht von der Seite
und von unten. Kennst du schon die Geschichte mit meinem
Schreibtisch. Ich kaufte ihn in einem unterirdisch gelegenen
Möbelantiquariat in der Stadtmitte. Da ich kein Fahrzeug besaß,
dachte ich, es wäre möglich, den Schreibtisch bis zur Straßen-
bahn zu tragen und dann damit nach Hause zu fahren. Unter Auf-

bringung aller mir zur Verfügung stehenden Kräfte schleppte ich das Unding die Stufen hoch, bis vor die Tür des Geschäfts, brach fast zusammen, zitterte und wußte, daß ich ohne eigenen Schreibtisch niemals Dichter werden könnte. Der Verkäufer hatte Erbarmen und fuhr mir das Monstrum in meine Wohnung. Wäre ich in die Partei eingetreten, hätte ich Germanistik studieren können. Nun arbeite ich als Lesesaalaufsicht. Wir lebten hier lange zu dritt auf etwa neun Quadratmetern. Volksgartenstraße in Schönefeld. Trübsinnigste Gegend. Neubauten, Kindergras und flacher Containerpostwürfel. Ich glaube, ich komme überhaupt nicht damit klar, so jung schon Vater geworden zu sein, Vater und Ehemann in der Volksgartenstraße. Wie ist es mit dir. Hast du auch schon Frau und Kinder. Wenn mein Engel schläft, ich ihre Windeln gewaschen, sie gefüttert und hingelegt habe, schreibe ich an meinem Roman weiter. Dieses Gefühl würde ich am liebsten für immer bewahren, das Gefühl eines durch und durch sinnvollen Daseins mit Arbeit und schlafendem Kind. Ich habe dir noch gar nicht berichtet, wie auch, daß ich endlich eine Schreibmaschine besitze, eine kleine, jugoslawische Reiseschreibmaschine. Ich kaufte sie mir für 471 Mark in einem Berliner Kaufhaus und brauchte auch nicht zu unterschreiben, daß ich sie niemals zum Anfertigen von Flugblättern benutzen würde. Der erste Kauf ein paar Jahre zuvor war fehlgeschlagen. Man konnte nur in einem Künstlerbedarf in der Nähe vom Bahnhof Schreibmaschinen erwerben. Dazu mußte man aber im Laden glaubhaft nachweisen, daß man Schriftsteller war. Ich konnte das jedenfalls nicht. Kurze Zeit später hielt ich unsere neun Quadratmeter an Wohnfläche im Studentenwohnheim nicht mehr für angemessen. Wir hatten die Sprelacart-Schränke vor das Kinderbett geschoben, damit wir bei schwächstem Licht zu Abend essen und auch lesen konnten. Als es nicht mehr so weitergehen konnte, setzte ich mich eines Tages in eine Straßenbahn, stieg irgendwo im Leipziger Osten aus, ging in irgendein Haus rein, suchte mir eine Tür aus, an der kein Klingelschild mehr war, warf mich ein paar Mal wuchtig dagegen, jedenfalls in der Erinnerung, bis das Holz nachgab, sah mich drinnen kurz um, zwar schimmlige Wände in der Küche, kein Warmwasser, keine Toilette, aber eine Treppe höher, noch ohne Becken, aber zweieinhalb Zimmer, aber endlich eine eigene Wohnung für uns, Albert-Schweitzer-Straße 17. Wenn ich meine Tochter baden wollte, hielt ich einen Gaststättentauchsieder in das Wasser ihrer Plastikbadewanne. In der Küche stand ein Kohleherd. Ich mußte Brennmaterial anzünden, um den Brei kochen zu können. Montags gehe ich jetzt häufig zu den Friedensdemonstrationen und habe immer Verbandszeug dabei. Vor etwa vier Jahren hatte ich das Gefühl, meinen ersten Gedichtband fertig zu haben. *Die Elemente des Entfernens.* Ich fuhr mit dem Manuskript zum Aufbauverlag nach Berlin, ging in ein Lektoratszimmer und sagte zu der anwesenden Dame, daß ich ein Buch mit Gedichten veröffentlich möchte. Sie lachte nur, fragte mich nach meinem Alter und sagte mir, daß die in diesem Hause veröffentlichten Autoren allesamt über 30 Jahre alt wären. Also fuhr ich mit meinem Manuskript wieder nach Sachsen zurück. Der Panzer von heute Abend will mir nicht mehr aus dem Kopf gehen. Weißt du, es gab da so eine geheime Solidarisierung unter denen, die vor diesem Drecksteil davonliefen. Ich habe zum ersten Mal das Gefühl, ein Teil meines eigenen Landes zu sein, ohne Stimme, aber frei und autonom, ich habe leider nicht genügend Ahnung von Ökonomie, um mir darüber klar zu werden, was ich damit bezweckt habe, vor einem Panzer davongelaufen zu sein, ich weiß nicht, wie wir hier ohne deine Pakete überleben würden, man merkt aber, daß du nicht die geringste Ahnung von Babykram hast, als ich Charlie den knallpinken Strampler mit dem gähnenden Regenwurm auf dem Latz anzog, fragten sie mich im Kindergarten, ob ich schwule Kontakte ins kapitalistische Ausland hätte, an Babykosmetik bitte alles nur von Penaten, du hattest doch ein Buch von Sarah Kirsch in das letzte Paket gelegt, das fehlte, und bitte, Feri-San, schicke mir nie wieder Kassetten von der Goombay Dance Band aus Norderstedt oder von Eruption, obwohl ich zugeben muß, daß ich

One Way Ticket sogar ein paar Mal hintereinander gehört habe, gute Musik fehlt mir hier am meisten, schon immer, deshalb lese ich wie ein Besessener, wenn ich nicht gerade schreibe, Gitarre oder Geige spiele, meine Gesinnung ist rot, allerdings stammt dieses Glühen eher aus Nicaragua, wo Dichter die Knarre zur Hand nahmen, um Diktatoren abzuschaffen, ich hasse dieses Land immer mehr und mag hier dennoch nicht verschwinden, es fällt mir so leicht, hier zu schreiben, ob ich das in Bad Godesberg auch könnte, ausgestattet mit sämtlichen, beschissenen Freiheiten, keine Ahnung, du sagst das immer so leicht: verschone mich mit Philosophie und all dem anderen lebensfremden Kram, aber ich habe hier nichts anderes, ich will klug sein, ich will lernen und begreifen, ich will überlegen sein, ohne Studium, ohne Abschluss, ohne staatlichen Bildungsweg, als ich mal zwei Monate Pädagogik studierte, dachte ich, mein Gott, ist das läppisch, ich will das nicht, ich will Gedichte schreiben, ich will allein sein, aber das geht nun nicht mehr, die großen Dichter müssen allein sein, ich habe Frau und Kind, aber ich habe Sehnsucht, ich habe diese verdammte Sehnsucht nach Gedichten, alle hauen gerade über Ungarn ab, ich nicht, aber nicht aus Trägheit, sondern weil ich Visionen habe, Visionen vom Hierbleiben, Visionen eines linken, anbiederungsentkernten Landes mit stabilen Fabriken und einer logischen Industrie, meine Gedichte werden immer liebloser, mit Kindern, Frauen und Getränken drin, ohne sie würde ich vermutlich weiter Pädagogik studieren, ohne sie würde ich mich auf der Stelle scheiden lassen, ohne sie würde ich mich totsaufen, ohne sie würde ich mir überlegen, was solch ein Dasein überhaupt wert sein soll. Ich schrieb dir doch von Uwe Lummitsch, dem Stralsunder Lyriker. Er ist im letzten Jahr gestorben. Alkohol. Kreislaufversagen beim Entzug. Er veröffentlichte nur einen Gedichtband, den ich immer bei mir trage, *Mondlandung*, erschienen 1987, vorn steht als Widmung drin, mit seiner krakeligen Handschrift: für Thomas, den Dichter der Zukunft. Ich glaube ihm. Ich weiß, daß er Recht behalten wird, sonst würde ich sofort alles aus der Hand legen, alles.

Interessierst du dich eigentlich für diesen ganzen deutschen Irrsinn gerade. Hoffentlich passiert nichts Unüberlegtes. Wenn wir uns einmal treffen sollten, bitte hier, nicht drüben. Ich hab keinen Bock auf diesen westlich zivilisierten, industrieverwöhnten und verlogenen Brüder- und Schwestern-Staat. Verschon mich mit diesem Geseiche. Komm rüber und sieh dir diesen toten Klotz endlich an, erlebe sein Hohlsein, die Zimmergärten im Innern, die Bierkästen und Windräder auf den Balkonen, die hängenden Gärten, die Solidarität, die treuen Freundschaften, die privaten Paradiese aus politischer Eingeschränktheit und extremer poetischer Nichtanpassung, gesund bleiben, ohne zu stören, aber du zerstörst damit alles, dafür, liebster Freund, bleibe ich hier, komm rüber, du kannst es, mach es, ich könnte dir alles zeigen, alles, nur müßtest du dann bitte auch wieder fahren, wir könnten das nie zusammen teilen, du würdest mich nicht verstehen, am meisten fehlt mir hier gute Musik, kürzlich sagte mir ein Freund, daß er diese Platten mit auf die Straße nehmen würde, wenn sein Haus brennt: *Allman Brothers at Fillmore East*, *Closing Time* von Tom Waits, *Astral Weeks* von Van Morrison, *Black And Blue* von den Stones, *Blood On The Tracks* von Bob Dylan, *After The Goldrush* von Neil Young, *Black Man's Burdon* von Eric Burdon und *Quadrophenia* von The Who, wir hörten diese Scheiben dann und stellten uns dazu mächtig einen ins Gerüst, er hatte von einer Westfahrt einen Whisky mitgebracht, Four Roses, das absolute Ende, kannst du mir davon mal eine Bude schicken, ich würde durchdrehen vor Glück, hier gibt es nämlich nur zwei Sorten, Racke rauchzart und Falckner, ich komme mit meinem Roman nicht weiter, ich kann nicht beides, demonstrieren und schreiben, dabei freue ich mich immer auf die Montage, dann bin ich beseelt und fühle mich frei, wenn ich mit wildfremden Menschen durch die Straßen ziehe, auch wenn dabei kein neues Land für mich herausspringt.

Dein dich liebender Freund

Liebster Feri-San,

verschone mich bloß mit Metaphysik, geh mir mit Transzendenz,
geh mir mit Mädchen vor Philosophieregalen, geh mir überhaupt
mit Mädchen, geh mir mit deutscher Literatur und Politik, ich
hätte dir von Anfang an glauben sollen, daß aus all diesen Küm-
mernissen partout kein Leben zu schlagen ist, ich habe alles so
dermaßen satt, bin geschieden, die Kinder, ein Sohn kam noch
hinzu von einer anderen Frau, die Kinder sind längst aus dem
Haus, einmal vier Jahre, einmal sechs Jahre Beziehung, beim
nächsten Mal bitte für immer, nicht nur für acht Jahre, ich habe
zweimal als Familienvater versagt, weil ich immer nur Gedichte
schreiben wollte, ich habe mir als Soldat an der Grenze geschwo-
ren, daß ich niemals auf Menschen schießen werde, ich bin in
keine Partei eingetreten, ich bin nie zu einer ostdeutschen Wahl
gegangen, bis heute auch zu keiner westdeutschen, geh mir mit
der Zweitstimme, ich habe mein Studium abgebrochen, aus Des-
interesse, ich habe mal als Dachdecker gearbeitet, als Beifahrer in
einer Fleischerei, ich habe gefrorene Hirsche und steife Schweine
in einem Kühlhaus gesehen, ich arbeitete als Pförtner und Leib-
wächter, als Leibwächter für Ameisen, Nutelladeckel und Birnen,
ich habe nicht den geringsten Abschluß, aber ich bin Lesesaalauf-
sicht seit über 20 Jahren, kann davon kaum leben, die Treue, nein
zu sagen, war nichts wert, aber ich habe immer Gedichte ge-
schrieben, Gedichte und Romane, immer wieder Gedichte, trotz-
deutsche Gedichte, nie ostdeutsche, die neunziger Jahre schlepp-
ten sich endlos dahin, Vorhänge zu, Flaschen auf, Musik, ich
telefonierte nächtelang mit Frauen, die ich nicht kannte, ich hörte
erst mit dem Trinken auf, nachdem ich die Bücher von Ernst
Herhaus gelesen hatte, der schrieb, daß das Ende seines Trinkens
auch das Ende seiner Ferngespräche gewesen wäre, ich nahm in

76

dieser Zeit tagelang Kassetten auf, Kassetten für Frauen, Ernstfallkassetten, die ich immer bei mir trug und bei passender Gelegenheit verschenkte, auf der Straße, im Bus, in der Kneipe, im Einkaufsmarkt, so stärkst du das seelische Zimmergewebe einer Stadt, diffuse und fragile Einsamkeiten, in die deine Musik sickert, meine Telefonnummer auf der Innenseite der Kassettenhülle, mein Gott, wie feige ich damals noch war, was ist nur mit uns passiert, Feri-San, in all den Jahren, wir haben genügend Frauen begehrt und geliebt, wir waren in Rom, in Freiburg und in Kiel, wir haben uns endlich wiedergesehen, Liebster, aber ich konnte dir mein ostdeutsches Reich nicht mehr zeigen, die hängenden Gärten, die verrauchten Küchenmetropolen, die lächerlichen Automobile unserer omnipotenten Bewacher und Beschützer, aber die Frauen in Sachsen, die Mädchen in Sachsen, in Sachsen, mein Freund, die sind geblieben, die kann ich dir immer noch zeigen, im Lesesaal sitzt jetzt immer eine, vom Typ her Claudia Cardinale kurz vor dem Mittagsschlaf, ab und an sehen wir ganz beiläufig fast ein wenig an uns vorbei, am liebsten würde ich zu ihr gehen und zu ihr sagen: du, das ähnelt hier schon seit langem einer ununterbrochenen Verabredung, aber ich tue das nicht, denn ich bin gerade mit einer jungen Frau zusammen, die nicht in der Lage dazu ist, mir zu zeigen, daß sie bei mir bleiben will, und sei's für immer, ich war an ihrer Seite immer so stolz darauf, mich nicht mehr für andere Frauen zu interessieren, aber wie hast du einmal so treffend gesagt: Frauen und Dichter dürfen nie sterben, und sie werden nie sterben, aber ich weiß einfach nicht mehr weiter, liebster Freund, ich habe alles versucht, um in diesem Land zurechtzukommen, ich habe geheiratet, zwei Kinder gezeugt, Frauen geliebt, Weißwein gesoffen, Musik gehört, Gitarre gespielt, Geige gespielt, Romane und Gedichte geschrieben, aber niemals ostdeutsche, doch es bleibt wie verhext, ich existiere kaum, bin nie da, mit jedem neuen Buch niemals anwesend, ich weiß nicht mehr, wie lange ich das noch aushalten kann, ich wiederhole mich ständig, ich wiederhole mich nur noch, die seit Jahren anhaltende skandalöse Vergabe von Literaturpreisen in diesem Land vernichtet gleichzeitig Lebensabschnittswerke von Dichtern und ist demzufolge einem verantwortungslosen Auslöschungsverfahren von wirklicher Eigenständigkeit gleichzusetzen, aber ich habe doch nichts anderes als meine Gedichte, seit über achtundzwanzig Jahren nichts anderes, die sture und unverbesserliche Immunität gegenüber einer jeglichen Nivellierung führt zu Alltagsuntauglichkeit und einer standesüblichen Ignoranz, ich glaube, ich gehe hier noch kaputt, ich habe schon damit angefangen, Tiergedichte zu schreiben, weil ich es anders in diesem Land einfach nicht mehr aushalte, der Papagei und der Iltis, ich habe ein Sauriergedicht, ein Fliegengedicht, ein Walgedicht, ein Delphingedicht und ein Spinnengedicht geschrieben, meine Tiere heißen aber nie wie irgendwer von früher, ich habe wirklich alles so satt hier, mein liebster, treuer Freund, ich habe mal an eine Jury geschrieben: selbst wenn sich zehntausend Einsender für diesen Preis bewerben, selbst dann müßte ich immer unter den letzten fünf sein, ich bin beileibe nicht verrückt, Liebster, ich bin nur etwas abgekämpft und müde, verzweifelt und ein wenig müde, aber das gibt sich schon wieder, mein Mädchen geht jetzt immer öfter mit Jungs aus, die in sie verliebt sind, und sie genießt es, ich kann es ihr nicht verdenken, sie ist noch so jung und so hungrig nach Sommerberührungen, ich sage immer wieder zu ihr, paß bitte auf uns auf, Helene, hörst du mich, sie hat das gute Parfum mit dem Geruch nach japanischen Erdbeerblüten zweimal, einmal für das Gehen aus meiner Wohnung, einmal für das Gehen aus ihrer Wohnung, zweimal der gleiche Duft, zweimal ein unterschiedliches Gehen aus einer Wohnung, wie macht sie das nur, hoffentlich belügt sie mich nie, immer, wenn sie sonntags im Internet surft, weiß ich, daß ich sie eines Tages verlieren werde, mein Lieber, ich glaube, wir sind die letzten, die ihre Texte auf einer elektrischen Schreibmaschine tippen, ja, die letzten, wir hören, wie die Wörter auf das Papier knallen, nicht durch den Kosmos schwirren und jederzeit so veränderbar schön aussehen, ich bin zu blöde, so ein Löschband zu wechseln, wenn ich mich vertippe, reiße ich die gesamte Seite nochmal aus der Maschine und schreibe den Text neu, einmal habe ich mir überlegt, ob der Tippfehler nicht sogar irgendwie poetisch zu rechtfertigen gewesen wäre, war er aber leider nicht, ich würde jetzt so gern mit dir über den Begriff der Angemessenheit sprechen, über Treue, Sturheit und Trotz, denn nur diese Dinge zählen hier für mich, aber genau damit gehst du in Deutschland unter, denn Treue, Sturheit und Trotz stehen in diesem Land für eine höchst individuelle und damit politisch motivierte Gesellschaftsabkehr, darin unterscheiden sich Ostdeutschland und Westdeutschland nicht im geringsten voneinander, es gibt eine Unterdrückung von intellektueller und poetischer Eigensinnigkeit, diese Unterdrückung ist nur feiner und perfider geworden, sie ist kaum noch zu unterscheiden von den eleganten und schmeichlerischen Disziplinierungsmaßnahmen aus undotierter gesellschaftlicher Anerkennung und hinhaltefreudiger Staffelbelobigung, aber ich kann dieses ganze unsägliche Geschwafel nicht mehr ertragen, ich kann diese für mich so unerträgliche deutsche Literatur kaum noch ertragen, Liebster, die ostdeutsche Literatur gleicht seit 1989 einem westdeutschen Wirtschaftszweig, du bist erfolgreich, wenn du korrekt kalkuliert hast, du bist der letzte Dreck, wenn du dir treu geblieben bist, das Sprechen und Stammeln in die westdeutschen Diktiergeräte, die Schriften von Ingo und Uwe, beschämende, gesamtdeutsche Weltliteratur, der Wartburg am Plattensee, die Panzerhose im Hygienemuseum, laß uns endlich eine Partei gründen, Feri-Baby, laß uns in diesem Land ganz von vorn anfangen, wir verzichten auf gründliche Feigheit und verspätete Heldenbiographien, wir verzichten auf angebliche Diversantentätigkeit, wir verzichten auf Diäten, auf Pensionsansprüche, auf Nebenverdienste, auf die Freundschaft mit russischen Präsidenten, aber nicht auf die Freundschaft mit russischen Arbeitern und Bauern, wir verzichten auf das westdeutsche Feuilleton mit seiner Vorliebe für die ostdeutsche Anbiederungsprosa, wenn ich was über mein Ex-Land lesen will, genügen mir

Hilbig, Neumann und Drawert, mein Lieber, bist du noch fit an der Staffelei, ich hätte gern einen Frauenakt von dir, schmale Taille, kleine Füße, dicke Ocken, laß uns endlich unsere Partei gründen, wir verzichten auf alle ehemaligen und zukünftigen sozialistischen Parteigelder, wir mischen uns unters Volk, erlernen Fremdsprachen und internationale Trinkgewohnheiten, wir verhelfen den Armen im Herbst mit fast gelben Kastanien zu einer Elitebildung, wir verbessern das soziale Klima zwischen Arbeitern und Intellektuellen, wir lassen die Mitglieder des Bundestages vierzehn Jahre lang ihre Hartz-IV-Anträge für sich selber ausfüllen, wir lassen Schiffsmechaniker einen Tag lang in den Hauptschulen Reden über die Parteizugehörigkeit der Meere halten, wir verteilen alkoholfreie Flamencogitarren auf allen Bahnhöfen, wir gestatten allen Kindern, abends vor dem Schlafengehen, entweder *Das perfekte Dinner* oder *Galileo* sehen zu dürfen, wir legen einen gesteigerten Wert auf eine allumfassende Kenntnis der Poesie dieser Welt und das alles, liebster Feri-San, obwohl wir keine Amateure sind und das alles nur für dreitausend Lappen auf die Hand, damit müßten wir hinkommen, damit kommen wir hin, wir rufen unseren Präsidenten aus, hier, von diesem Dachboden in Mecklenburg-Vorpommern, Schleswig-Holstein oder Sachsen, mein liebster Freund, meine Wut hier wird immer größer, meine Gedichte verlassen immer deutlicher das einst so sichere, melancholische und sentimentale Gelände, mit dreißig wollte ich es mit der Poesie gerissen haben, es hat nicht gereicht, ich bin jetzt keine deutsche Hoffnung mehr, wenn ich in meiner Bibliothek Benutzeranmeldungsbögen nach Alphabet sortiere, steigt mein Blutdruck, hoffentlich stößt sich mein Herz noch lange genug vom Ufer ab, verpufft nicht einfach beim Bekleben und Sortieren, ich kenne das Alphabet in meiner Heimat, Feri-San, ich werde hier nicht gebraucht, ich würde so gern Poesie unterrichten, an einer Baumschule, in einem Kindergarten, in einem Mädchenpensionat für junge Frauen, aber ich beherrsche meine Sprache einfach zu brillant, um einfach so von hier zu verschwinden, es hat sich so wenig verändert, mein Freund, weißt du, daß ich mein Leben lang nur Liebesgedichte geschrieben habe, nur Liebesromane, genauso wie du, nichts, was unserem Herzen näherstehen würde, die Gesellschaft tritt von ganz allein hinzu, Dichter und Frauen dürfen nie sterben, ich will keine verdammte Sehnsucht mehr haben, nach nichts, nach keinem Land, nach keinem Tod, nach keinem Mädchen, laß uns die Urgebäude unserer Kindheit aufsuchen, nur du und ich, laß uns eine Kommune gründen, nur du und ich, mit dir würde ich es aushalten, ich würde mich darum kümmern, daß uns genügend Frauen besuchen kommen, daß wir nächtelang mit ihnen zusammen in unserer Wohnküche hausen und uns Gedichte vorlesen, Suizidjazz hören, trinken, tanzen, wir hätten ein Herrenzimmer, einen Kamin, eine Ledercouchspielwiese, meterhohe Bücherwände, Schafsfelle auf dem Boden, persische Räucherstäbchen, einen vierhundert Kilogramm schweren Transrotor Artus Plattenspieler in jedem Schlafzimmer, dieses Gewicht ist einfach vonnöten, damit sich der auf einem Pendel gelagerte Plattenteller auch wirklich angemessen zum Erdmittelpunkt ausrichten kann, Mamorböden, Weinregale, Ginregale, Damenliqueurschränkchen, wenn so ein Plattenspieler erst einmal steht, hat es ein Schlafzimmer schwer, den Wohnort zu wechseln, das Land, die alte Etagenbezeichnung, ich würde mich auf den Flohmärkten um die Platten kümmern oder in Uwe's Trödelhalle in Lößnig, vorausgesetzt, wir würden beide hier in Ostdeutschland wohnen, endlich in Ostdeutschland, ich liebe dich, komm zu mir, ich warte, ich warte auf dich, hier im Hellen, an dieser Grenze, an dieser automatisch sehnsüchtigen Grenze.

Dein dich liebender Freund

Meine liebe Frau G.,

ich habe eben mein Schlüsselbund fotografiert. Es liegt vor mir auf dem Tisch. Ich wollte sehen, ob Ihre beiden Schlüssel darin untergehen. Sie gehen nicht unter. Ich lege ein Messer und eine Kuchengabel darüber, eine Büroklammer, einen Karabinerhaken und die Aufhängeschlaufe eines Geschirrtuchs. Ich habe eben mein Schlüsselbund fotografiert. Fünf Ringe mit jeweils zwei bis drei Parteien. Ich habe Ihre beiden Schlüssel abgemacht und auf die Küchenwaage gelegt. Es ist unmöglich, ein Loch durch ein Stück Würfelzucker zu bohren. Fünf Stück Würfelzucker für nur einen Ihrer Schlüssel. Ein Glück aus Leichtsinn ist unantastbar. Mit Ihren Schlüsseln vergeht auch die Standhaftigkeit Ihres Hauses. Lüge und Bedürfnis. Gewicht und Zuneigung. Ich werde noch verrückt und habe für nichts mehr Verwendung, seit Sie es vorgezogen haben, mich aufzugeben und zu vergessen. Ich möchte Sie als Mensch sehr gern verlieren. Ich habe eben das Geschirrtuch fotografiert, nur das Geschirrtuch auf meinem Tisch. Es geht einfach nicht unter. Ich trenne die Aufhängeschlaufe in der Mitte mit einer Nagelschere und verknote an jedem Ende einen Ihrer Schlüssel. Sollen sie doch zusehen, wie alles endlich wieder ins Reine kommt. Schlittenhunde. Mangelnde Liebe. Die Zähne nach außen. Das Geheul in der Küche. Sie treffen ihn ein letztes Mal. Der Abend entwickelt sich. Das Begehren nach einem Kuß ersetzt das vorige Leben. Schlechtes Versteck. Balkanpop. Unaufrichtige Fahrräder. Ihre kommende Sehnsucht ist auch immer Ihre zuverlässigste. Mein Aufwachen war Ihr Einschlafen. Mein Einschlafen war mein Aufwachen. Ich habe eben Ihr Fahrrad fotografiert. Es liegt vor mir auf dem Tisch und ist nicht mehr von dieser Welt. Ich wollte sehen, ob das gemeinsame Anschließen darin untergeht. Es geht nicht unter. Ich lege das Messer und den Karabinerhaken auf die Speichen. Sollen sie doch zusehen, wie alles endlich wieder ins Reine kommt. Ich habe eben mein Schlüsselbund fotografiert. Es liegt vor mir auf dem Tisch. Vier Ringe mit jeweils drei Parteien. Was sind schon dreißig Gramm gegen die ehemalige Begehbarkeit Ihres Zimmers. Basilikum und Reinheit. Nichts spielt Chopin. Mit der Kuchengabel bringe ich das Karussell am Rand des Geschirrtuchs in Fahrt. Das Anschlagen der Hunde. Das Aufglimmen der Reisenden. Für die Büroklammer habe ich keine Verwendung mehr. Soll sie doch zusehen.

Leipzig, 30.04.2012

Liebe Frau,

ich werde nie John Updike lesen, *Landleben, Ehepaare, Hasenherz.*
Ihre fortwährende Abwesenheit an meiner Seite hat dazu geführt,
daß ich die Wörter Wolke, Ostern und Skizzenbuch seitdem für Ver-
räter halte. Die Wolken über Ostern in einem Skizzenbuch waren
das Bindeglied zu Ihrer beiläufigen und damit auch lässig animie-
renden Behauptung, daß man das Malen von Wolken nicht lernen
kann. Streetart, die Abgehobenheit gegängelter Stromkästen, Ele-
fantenbaracken ohne Straßenbeleuchtung. Ich zog mir jedes Mal
neu Ihren Unmut zu, wenn ich in der Küche das kalte Wasser laufen
ließ, um die Töpfe und Tassen damit auszuschlickern. Fünfzehn Mi-
nuten zu früh in Ihrer Wohnung zu sein, bedeutete, sich Momente
eines Lebens im Stadtteil geirrt zu haben. Noch bis vor knapp sechs
Wochen waren Sie mir allein genug. Ihre Anwesenheit neben lau-
fendem Wasser, die Überschwänglichkeit Ihrer Zurechtweisungen.
Die auf den Tassenböden ausgerutschte Milch. Der Übergang von
einem möglich gewesenen Leben in ein Leben davor. Wie würde
ihre gemeinsame Wohnung beschaffen sein. Das Wiedersehen der
Fahrräder. Mein Gedanke daran, daß Sie es wären, die im Badezim-
mer den Duschvorhang anbringen würden. Schon nach so kurzer
Zeit. Ich hätte es nie für möglich gehalten, daß diese weißen Ringe
noch einmal Ihre ganze Aufmerksamkeit beanspruchen könnten.
Die genaue Verlorenheit der Baumärkte, Fingerfood und Stolz. Ihre
fortwährende Abwesenheit an meiner Seite hat dazu geführt, daß
ich seitdem das Wort Haselnußgröße im Zusammenhang mit dem
Badezusatz auf Ihrem Wannenrand für einen Verräter halte. Was
ist nur aus den Stadtteilen am Abend geworden. Spazierfahrten ins
Ungebundene. Das penible Organisieren einer neuen Liebe. Mein
Auto schafft nachts nicht alles. Melde dich bitte, daß du gut zuhause
angekommen bist. Wir können sonst beide nicht schlafen.

Liebe,

seit ich dir keine Fragen mehr stelle, bin ich nahezu glücklich. Du könntest dir von mir aus gern ein neues Fahrrad zulegen und ein anderes Schloß. Aber das eilt alles nicht. Ich werde es in diesem Jahr versäumen, die Winterreifen zu wechseln. Die Eisheiligen im Mai. Die Schafskälte im Juni. Die Tiefs im Juli, August und September. Aber das eilt alles nicht. Matsch und Schnee. Die höhere Anzahl der Greifkanten und die zusätzlichen Lamellen für eine bessere Verzahnung mit losem Untergrund. Seit ich dir keine Fragen mehr stelle, verliere ich ein wenig den Verstand. Das Aufladen deines Handys in meiner Küche. Die begrenzte Wiederbelebung von schriftlichen Kontakten in der herbstlichen Übergangsphase. Der Oktober ist bekannt für seine unausgeglichene Tragfähigkeit. Du könntest dir von mir aus gern ein neues Zeichenbuch zulegen. Keins von Hahnemühle. Die Rillen und Einschnitte in den Profilblöcken. Was in Lindenau trocknet, trocknet bestimmt auch in Leipzig. Seit ich dir weniger Fragen stelle, halte ich mich kaum noch im Freien auf. Das ist kein böser Wille.

Durch mein Haus führt keine Straße, auf der du morgens mit dem Fahrrad unterwegs bist. Mit verschwitzten Haaren in deine Richtung. Nahezu glücklich, wenn man die große Übersetzung auf dem Asphalt mit zu Rate zieht. Kurzlebenslauf im Berufsverkehr. Auf keine Station verzichten. Persönliches. Weiterbildung. Interessen. Das Frieren beim Anhalten. Schon fast zuhause. Aber das eilt doch alles nicht.

Mein liebster Apfel,

jetzt kennen wir uns schon seit fast vier Wochen. Es ist immer das gleiche mit mir. Wenn ich erst einmal beginne, für einen Apfel zu schwärmen, kann mich niemand mehr aufhalten. Alles in mir gerät dann außer Kontrolle. Meine bedingungslose Hingabe von Anfang an muß für dich erschreckend gewesen sein. Ich wollte dich sofort heiraten und Kinder mit dir haben, mein Apfel. Du kannst dir gar nicht vorstellen, wie erstaunlich unsere kleine Familie zu Weihnachten in den Augen glitzern könnte, wenn wir das Fest bei uns zuhause feiern würden. Für dich habe ich angefangen, eine andere Sprache zu lernen. Ich kann schon *sterben* sagen, *meine Sonne* und *für immer*. Für dich habe ich angefangen, auf einer Langhalslaute zu spielen. An die Vierteltöne muss ich mich aber noch gewöhnen. Für dich habe ich angefangen, schöner zu werden. Ich habe es wenigstens versucht, mit Kräutern aus dem Reformhaus, keine äußerliche Anwendung, mit neuem Haarschnitt, Sport, Spaziergängen an der Adria, mit Besichtigungen von Kirchen und alten Gemälden. Eine Kombination aus Wasser, Luft und berührendem Innenleben. Neue Sprache, Langhalslaute, Schönheit. Alles auf einmal geht leider nicht. Aber fühle dich davon bitte nicht bedroht. Wenn ich dich auf Bildern sehe, weiß ich endlich, warum ich mein Telefon verschenken möchte, mein Computerpaßwort, meine Haustürschlüssel, die Muscheln vom Lido, die Flaschenstopper mit Muranoglas, das Flugticket nach Hause. Ich habe heute lange über dich nachgedacht, über deine Existenz im Norden von Shelsadyr, deine Kontakte ins Ausland, deinen Musikgeschmack, über das sprunghafte, verschwommene Denken der Füchse, von denen manche lieber ein Igel wären, um nur einer einzigen großen Sache im Leben nachzugehen. Ich habe dich bis heute nicht angerufen, liebster

Apfel, um dir zu sagen, in meiner neuen Sprache, daß ich für dich sterben würde, meine Sonne, auch wenn dir das jetzt zu pathetisch vorkommt, viel zu ungewiß und sentimental. In einer Woche fliege ich nach Sachsen zurück. Dort gibt es auch eine Menge Äpfel. Ich weiß, wie traurig ich sein werde, wenn ich ihnen dann täglich begegne, auf dem Fußweg, in der Linie zehn, in der Bibliothek, bei mir zuhause. Am einundzwanzigsten Dezember treffen wir uns wie jedes Jahr bei Großmutter, essen Melonen, zünden im Garten ein Feuer an, tanzen und lesen uns Gedichte vor. Ich weiß noch gar nicht, wie viele Flaschenstopper ich mitbringen muß, um alle meine Freunde zufriedenzustellen. Mein Apfel, ich schwöre dir, ich werde dich niemals anrühren. Aber ich möchte ein Baby von dir. Ich nenne es Yaldaa. Ich habe eine Idee. Ich werde dich niemals anrühren und bekomme ein Baby von dir. Ich werde dich in der Wüste zeichnen, besessen, manisch, unwiderruflich, zuerst deine Beine unter deiner Tuchhose, denn du wirst vollständig bekleidet sein, Stiefel, Hemd, Mantel, Handschuhe, Schleier, du darfst dich nicht bewegen, ich zeichne dich, ich ritze dein Profil mit der Kante einer Münze in meine Hose. Ich hatte die Münze am Vortag mit einer Nagelfeile bearbeitet. Es war das Kupfernickelstück, das ich immer wieder aus der Wechselgeldschale des Automaten nehmen musste. So konsequent schoss es an den Kontaktflächen unserer Wunschgetränke vorbei. Wasser und Joghurt mit Minze. Die abgekratzte Farbe gleich neben dem Schlitz zeigte mir, daß wir in diesem trostlosen Winkel in der Hitze von Shelsadyr vorher und auch nachher niemals allein gewesen wären, mein liebster Apfel. Ich hatte die Münze zu schräg und heftig auf meinem Hosenbein aufgesetzt, durch den Stoff drang Blut, direkt neben deinen Beinen, hin zum Oberkörper und Bauch, ich zeichnete weiter, Hals, Brüste, Schultern, so gut es eben ging, ich trennte deine Beine mit einem sauberen Schnitt fast in der Mitte auseinander, jetzt sah es so aus, als ob deine Schenkel unterschiedlich stark gewölbt waren, der eine mehr, der andere weniger, ich machte weiter, es wurde dunkel, ich hatte dich gebeten, die Beine eng geschlossen zu halten, deinen Mantel anzulassen, den Schleier und die Handschuhe nicht abzulegen, nicht zu sprechen oder zu lächeln, die Spitzen deiner Stiefel nicht unnötig tief in den Sand zu bohren, deine Augen lediglich auf meine zeichnende Hand zu richten und unregelmäßig zu atmen. Wir saßen etwa drei Meter voneinander entfernt. Du auf einem Steinvorsprung und ich auf der Erde. Damit du weiter meiner Handbewegung folgen konntest, knipste ich mit meinem linken Daumen alle paar Sekunden mein Feuerzeug an. In der Zeit, in der du nichts sahst, weil der Abend längst fortgeschritten war, fuhr ich mit dem Rand der Münze in der Mitte meines Schenkels auf und ab, hin und her. Ohne daß du etwas bemerkt haben konntest, hatte ich meine Handoberfläche mit Speichel befeuchtet, ich drehte die Hand mit der Münze nach oben, legte die nasse Hautfläche kurz auf deine Beine, deinen Bauch, bewegte sie auf und ab, hin und her und knipste, nachdem ich die Hand wieder umgedreht hatte, das Feuerzeug für ein paar weitere Sekunden an. Nur wir beide und dieses Klicken in der Wüste. Zwei winzige, seitliche Schnitte, und ich konnte dein Hosenkleid auf meinem Schenkel hochklappen, aber nur im Dunkeln, mein Bein blutete immer stärker. Um dich nicht zu beunruhigen, hielt ich das Licht weiter von mir weg. Ich werde wohl nie wieder aufstehen dürfen. Denn meine Zeichnung von dir, mein liebster Apfel, ist jetzt fertig. Bevor du das nächste Klicken hörst, will ich für unseren Abschied bereit sein. Ich ziehe meinen Jackenärmel so weit über meine linke Hand und das Feuerzeug, daß du nicht hören kannst, wie ich für einen kurzen Augenblick meine Münze dagegenpresse und dann alles zusammen in die Luft halte. Mit der freien Hand und dem anderen Jackenärmel versuche ich, das Blut auf meinem Schenkel in kreisförmigen Bewegungen zu trocknen und innerhalb deiner Ränder zu verteilen. Die Anmut und die Fassungslosigkeit der Ränder. Übertriebenheit und Anmut. Damit du noch dichter an mir dran bist, habe ich mein Bein mit deinem Körper über das andere Bein geschlagen. Seit einer geraumen Zeit habe ich das Feuerzeug und die Münze nicht

mehr benutzt. Mit meinen Fingern öffne ich die beiden Stoffsträhnen über deiner Haut, du bist so schön wie nichts anderes, mein
Apfel. Ich ziehe das Feuerzeug zwischen Handfläche und Ärmel
hervor, mit der Handfläche nach oben, damit das Geldstück nicht
runterfallen kann. Ich schließe diesen Taler in meine linke Faust
ein, die ich dann auf mein Knie lege und vor das Feuer halte, das
mir deine Haare von den Schenkeln nimmt. Du mußt wohl gedacht haben, ich hätte in entspannter Haltung einen letzten Blick
auf dich geworfen. Aber ich hatte dich ja vorher darum gebeten,
deine Augen lediglich auf meine zeichnende Hand, die du jetzt gerade nicht sehen konntest, zu richten. Ich bleibe hier sitzen, mein
Apfel. Ich habe dich niemals angerührt, wie ein Mann einen Apfel
anrührt. Deine Beine sind warm und verschmiert. Du mußt jetzt
gehen. In den Brunnen hier sind immer nur die jüngsten Niederschläge aus den Bergen. Geh, mein Apfel. In einer Woche fliege
ich nach Sachsen zurück. Bis dahin sehen wir uns nicht mehr im
Norden von Shelsadyr. Ich stehe auf, im Dunkeln, damit sich alles
gleichmäßig in dir verteilen kann. Ich setze mich. Ich stehe auf.
Ich setze mich. Du gehst. Du gehst nicht. Du setzt dich. Ich stehe
auf. Wir sehen uns nicht an. Du gehst. Nur wir beide und dieses
Klicken in der Wüste, mein Apfel, dieses hilflose, unterwegs gestrandete Klicken. Das Blut ist getrocknet. Es wird kalt. Damit du
nicht frierst, stopfe ich mein Kopftuch durch das Loch in meiner
Hose. Für einen Außenstehenden müßte es so aussehen, als würde dein Mantel aus meiner Hose hervorbrechen, nur dein Mantel,
sonst nichts. Es gibt hier zum Glück keine Außenstehenden. Setz
dich, mein Apfel, geh, stell dich hin, ich weiß jetzt, was bedingungslose Liebe ist. Du wachst eines Morgens, weil wir beide immer älter werden, neben mir auf und bemerkst nicht einmal mehr,
nie mehr, daß mir aus den Ohren Haare wachsen, drei, vier Haare, die ich im Spiegel nicht im geringsten erkennen kann, nur du.
Wir haben doch dann einen Spiegel in unserem Haus. In der Nähe
unseres Schlafzimmers. Ich liege. Du gehst nicht. Ich bleibe. Nur
du und dieses inzwischen ausbleibende Klicken. Du kannst dir gar

nicht vorstellen, wie erstaunlich unsere kleine Familie zu Weihnachten in den Augen glitzert, wenn wir das Fest bei uns zuhause feiern. Am einundzwanzigsten Dezember treffen wir uns wie jedes Jahr bei Großmutter, essen Melonen, zünden im Garten ein Feuer an, tanzen und lesen uns Gedichte vor. Shabe Yaldaa.

V

miram fahmidi

WIR NEHMEN HAFIS, RUMI, REINE DROGEN

Ich greife dir ins Haar, in medias res
Dein Hausanzug der Serie Sparkling Lace
Ist über deiner Schulter aufgebogen

Die Fasern sind UV-beständig, gehen
Aus jeder Dehnung in exakt die alte
Betonungsform zurück und ich behalte
Den einen Knopf am Hals fast aus Versehen

Zu lange in der Hand, dein Schlüsselbein
Die Illusion vom Schlüsselbein entläßt
Mich einen Augenblick aus deinem Wahn

Mit Öl und Salzwasser allein zu sein
Ich halte mich an deinem Kopftuch fest
Den Steinen sieht man das, was zählt, nicht an

DEN STEINEN SIEHT MAN DAS, WAS ZÄHLT, NICHT AN

Dem Kunststoffmantelkabel etwas eher
Rabete namaschru, es fällt mir schwer
Dich niemals abzuholen, Sami-San

Dein Nagellack paßt nicht zum Abendkleid
Ich will nicht auf Basidsch-Milizen stoßen
Und die mit Cognac abgeschmeckten Saucen
Verteilen wir in Büchsen Cola light

Die raffinierten Rüschenkanten, Sami
Gehören einer Welt mit anderen Stoffen
Dein Haar wird vom Blondieren gelb und arm

Der Kopf im Tuch von Sakineh Ashtiani
In keinem weißen Tuch, bleibt nur zu hoffen
Wir beide sind schon lange losgefahren

WIR BEIDE WÄREN LANGE LOSGEFAHREN
In Richtung Kaspisee, den Trost bewohnen
Der Strand ist aufgeteilt in zwei Sektionen
Die Sichtschutzwände bis ins Meer bewahren

Die Frauenblicke vor den Männeraugen
Monströse Vorhänge an Stahlgestellen
Auf deiner Seite sind die gleichen Wellen
Wir prüfen, ob die Stoffe etwas taugen

Sie taugen etwas, sind nicht mehr am Leben
Die Bademeister zielen mit den Knarren
Auf unsere Hosen, die wir ausgezogen

Die wir im Wasser, ausgezogen, neben
Den Körper halten, um sie anzustarren
Ich bin mit einem Streichholz losgezogen

ICH BIN MIT EINEM STREICHHOLZ LOSGEZOGEN
Durch Wüsten, habe Steine angezündet
In Bergregionen, nicht ganz unbegründet
Die Steine, die in Shiraz nichts mehr wogen

Und nichts in Chabahar und Sahedan
Sie glühten, aber wurden niemals kleiner
Wir liefen Hand in Hand und wirklich keiner
Am Airport Mehrabad und in Mahan

Der dich für meine Tochter hielt, nahm Anstoß
An unserer Liebe und an deinen Haaren
Die kaum noch persisch wirkten, sei so gnädig

Ich zog für dich mit einem Streichholz los
In jede Gegend, in der Steine waren
Warum dauern Kontrollen nur so ewig

WARUM DAUERN KONTROLLEN HIER SO EWIG
Wir froren und wir dachten an Kahrizak
Und ob man, weil man liebt, schon wirklich Mut hat
Wir hatten gar nichts vor, das sah uns ähnlich

Wir taten wie auf einer Urlaubstour
Bei Ramsar fließt der Nesar Rud ins Meer
Die letzte Redensart war lange her
Wir schwammen und sie ließen uns in Ruhe

Wir kamen nicht mehr weiter und erstarben
Die Wächter zeigten mit Gelenkmaschinen
Auf unsere Schwimmbewegungen, vernarrt

In ihre Arbeit an der Küste gaben
Sie uns von ihrem Essen, Auberginen
Choreschte Fesendjan und Scholesard

CHORESCHTE FESENDJAN UND SCHOLESARD
Donation Boxes, Damavand und Minztee
Die Liebe bleibt für mich nach der McKinsey
Methode immer eine Austausch-Art

Im Halbschlaf, wenn du auf dem Bauch liegst, meine
Prinzessin liegt im Halbschlaf immer so
Die Hand wärmt deinen Rücken bis zum Po
Obwohl sie nicht nur wärmt, sie rutscht in deine

Lejabysche Corsage führt kein Weg
Die abnehmbaren Schnüre, Strapse, Träger
Das Seidenunterteil ist seltsam zart

Die formgebenden Stäbchen vorn am Steg
Schekampareh, Albalu Polo, Negar
Ich werde dich nie anrühren auf der Fahrt

ICH WERDE DICH NICHT ANRÜHREN AUF DER FAHRT

Mit einem Bus zu einer Grenzstation
Die Ingredienzen einer Depression
In einer Jahreszeit von Farrokhzad

Wir werden nicht nur älter als Forough
Wir werden auch die Kinder wiedersehen
Und alle Ablehnungen überstehen
Dich nicht zu lieben, ist nur ein Versuch

Beruhigung moralisch aufzuwerten
Ich werde dich nicht anrühren, Sami-San
Nicht hier und nie bei mir, was rede ich

Wir reden nicht in Niavarans Gärten
Und ein paar Menschen treten an uns ran
Wir stimmen sie mit unserer Trauer gnädig

WIR STIMMEN SIE MIT UNSERER TRAUER GNÄDIG

Mit langsamerem Tanzen auf den Gängen
Und dem Gesang zu Namjoos Sehtarklängen
Der Langhalslaute, die versehentlich

Nur ein paar kleine Löcher in der Decke
Anstelle eines Schalllochs hat, die Bünde
Aus Schnur, gewunden um den Hals, die Gründe
Warum du ganz allein auf weiter Strecke

So unverstärkt niemals zu hören wärst
Kein Instrument, das in den Sälen stört
Auf Friedensplätzen und in Niederungen

Und in dem Bus, in dem du zu mir fährst
Ertönt Musik, die nie dazugehört
Nur Vierteltöne und Verzögerungen

NUR VIERTELTÖNE UND VERZÖGERUNGEN

Zum Schlafen komfortabler Sitzabstand
Die Zwei-plus-eins-Bestuhlung ohne Land
In Oghab Reisebussen darf gesungen

Und mitgeredet werden, Chayyam meint
Wir kämen viel zu spät auf diese Erde
Und ob er drüben weitertrinken werde
Mein Herz, du hast im Internet geweint

Wir treffen uns in einer Waschanlage
Die Pools im Norden sind nicht mehr voll Wasser
Die Luft ist, anders als im Süden, reiner

Und aus den Bergen ziehen Regentage
Mit einer Klarheit durch die Vali-ye Asr
Kein Kopf in einem Tuch wird jemals kleiner

KEIN KOPF IN EINEM TUCH WIRD JEMALS KLEINER

Und Hafis sagt, das Beste ist nur Wein
Das Beste für Betrübte: trunken sein
Die Welt ist wüst, das Wüstsein umso reiner

In einem wüsten Land, und Chayyam sagt
Noch währt die Lebenszeit nur zwei Sekunden
Das ganze Jahr betrunken sein währt Stunden
Sei munter, geh zur Nachtzeit wie am Tag

Im Rausch des Weines unter, Ziel und Ende
Der Erdendinge ist das Nichts, sei froh
Wenn wir allein in einer Wüste blieben

Drum denk an dieses Nichts, laß deine Hände
In meiner Hand, die Haare sowieso
Ich habe nichts über mein Land geschrieben

ICH HABE NICHTS ÜBER MEIN LAND ZU SCHREIBEN

Venedig, Teheran, yadet nare
Im Cipriani, im Hotel Laleh
Ich hole dich mit Tuch ab, wenn wir bleiben

Mein Herz, man mikham be to berasam
Wir sind verheiratet mit andern, dehnen
Nur Straßennamen aus, zum Gegenlehnen
Die Lalehzar Street, man asheghetam

Du warst in einer Klinik und brauchst Schutz
Vermeide Angst und Streß, leg dich jetzt hin
Du schreibst, du hast Probleme mit den Lungen

Ich sag dir, welchen Namen ich benutz
In jedem Treppenhaus, in dem ich bin
Nur kalte Jahreszeit mit Steigerungen

DIE KALTE JAHRESZEIT MIT STEIGERUNGEN

Elahi fadat sham, to ombre mani
Wir treffen uns im Grenzgebiet Ashtiani
Der Reiz von letzter Nacht ist abgeklungen

Es gibt noch viele Nächte im Iran
Die Salzseen und die Wüsten, Mineralien
Aus dem Gebirgsgestein gewaschen, Dahlien
Die Dahlien in dem Salz sind nur ein Wahn

Wir werden irre, wenn wir daran denken
Uns nie zu sehen, lesen Philosophen
Gedanklich stützen kann uns aber keiner

Wir sind vergeben, leben und verschenken
Die Zeit für uns in abgelenkten Strophen
Der Apfel hier in meiner Hand ist deiner

DER APFEL HIER IN MEINER HAND IST DEINER

Verfüllte Schluchten, Trost und Areal
Das Aufströmen von Mantelmaterial
Die Kollision von Platten, ungemeiner

Kontinentaler Aufwand, Seafloor Spreading
Das Auseineinderdriften, neuer Boden
Im Meer, Gebirge, Haltbarkeitsmethoden
Die Liebesfähigkeit, more than a feeling

Ich kann nicht einfach schlafen gehen, sardam
Azizam, Weite und L' amour de loin
Die Oper ist am Ende stehengeblieben

Ich übersetze: man nemikham beram
Nicht mehr zurück in meine Sprache, ja
Es ist zu unsicher, dich nicht zu lieben

ES IST ZU UNSICHER, DICH NICHT ZU LIEBEN

Ich bin leicht auszurechnen, wenn ich leide
Wenn ich in meinen Briefen an uns beide
Von deinem Leben lese, übertrieben

Gesagt, ich weiß in welchen Fächern keine
Tabletten gegen Husten liegen, schnelles
Und ausuferndes Atmen, nur spezielles
Bekleidungszeug für draußen, Visascheine

Vielleicht im Februar, in ein paar Tagen
Verändern sich die Sehnsüchte nicht mehr
Bis dahin bin ich bestimmt umgezogen

Das ist doch Körpercreme, hör ich mich sagen
Die nimmt man niemals im Gesicht, ma chère
Wir nehmen Hafis, Rumi, reine Drogen

WIR NEHMEN HAFIS, CHAYYAM, REINE DROGEN

Den Steinen sieht man das, was zählt, nicht an
Wir beide sind schon lange abgefahren
Ich bin mit einem Streichholz losgezogen

Warum dauern Kontrollen hier so ewig
Choreschte Fesendjan und Scholesard
Ich werde dich nicht anrühren auf der Fahrt
Wir stimmten sie mit unserer Sturheit gnädig

Legalresidentur, Versteinerungen
Ein Kopf in einem Tuch wird niemals kleiner
Ich habe nichts über dein Land geschrieben

Die kalte Jahreszeit mit Steigerungen
Der Apfel hier in meiner Hand war deiner
Es ist zu unsicher, dich nicht zu lieben

VI

summerhaven

COYOTEN IN DEN HÖFEN, JAVALINAS,
In Tucson sind die Ratten groß wie Schweine,
Ich achte selbst in Downtown auf die Steine,
Du kommst aus Deutschland nur in Ballerinas.

Das Salz an mexikanischen Alleen –
Du hattest Recht, Kakteen bis Nogales,
Die Stadt geteilt, auch wenn uns das egal ist,
Bei Regen gibt es Flüsse, keine Seen.

Die Wüsten in den Zäunen, Drogenliebe,
Die Kriege, und wie ich am Wagen lehne,
Ballettschuhe sind Schrott in dieser Zeit.

Ich sehe mich, wie ich am Boden liege,
Allein der Kopf, der Mund, der Rest der Zähne,
Gedulde dich, wir sind in Sicherheit.

GEDULDE DICH, WIR SIND IN SICHERHEIT,
Die Fahrt nach Davis-Monthan, Air Force Base,
Kaputte Bomber, Landhauskanapees,
In Übersee sind alle eingeweiht.

Nach neunzig Tagen In-der-Wüste-liegen
Verrotten auf den Satellitenbildern
Am ehesten Soldaten, die beim Wildern
Von Flugzeugteilen steife Finger kriegen.

Das Klima warm und trocken, Korrosions-
Und Wasserschäden bleiben aus, der Boden
Bedarf keiner Versiegelung, so weit

Das Auge reicht kein Schrott, ein Teil des Lohns
Ist Spiegelung von Simultanmethoden:
Wir schweigen während der Betrachtungszeit.

WIR SCHWEIGEN WÄHREND DER BETRACHTUNGSZEIT,
Indianer tanzen, Trucks verlieren Schrauben,
Gewässer führen Sand, an den wir glauben,
Die Fahrzeugtypen sind nicht ganz gescheit,

Die Motorhauben bleiben offen, Ratten
Bevorzugen geschlossene Systeme,
Und von den Schläuchen gehen angenehme
Gerüche aus, die sie bei Hitze hatten.

Die Catalina Berge und die Brände,
Verkohlte Bäume, Zeitungsmeldung nur,
August 2003, von hier erschien das

Wie eine Schlafnotiz aus dem Gelände,
Blondierung, Anti-Spliss, Volumen pur,
Pantano Wash, die Regenzeit, between us.

PANTANO WASH, DIE REGENZEIT, BETWEEN US,
Am Straßenrand die Flüsse kauen alles,
Die Handypfähle auf dem Airport Dallas,
Mein deutscher Stecker, ich Idiot vergaß,

Daß hier der Strom viel enger aus den Wänden
Gezogen wird, mein Mut anhand des Biers,
Und auf dem Bildschirm Holly Peers,
Gehört nicht zu den Hollywood- Legenden,

Doch ihre Brüste sollen die schönsten sein,
Von hundert Seite-3-Mädchen der Sun,
Es kommt nicht vor, daß ich mich oft beschwere.

Am Laptop bin ich nachts ganz gern allein,
Die Liebe fängt wohl an den Händen an,
In Summerhaven haben wir Gewehre.

IN SUMMERHAVEN HABEN WIR GEWEHRE,
Kontakt zwischen der Wange und dem Schaft,
Das Treibmittel erhöht die Durchschlagskraft,
Die Bäume haben Zimmeratmosphäre.

Geringer Rückstoß, kurzer Repetierweg,
Verbrennungsgas, die Fischhaut nachgeschnitten,
Punzierte Oberflächen, Eisenschlitten,
Die Blockhausfrüchte am Rose Canyon Lake.

Die Demut, nicht gleich alles für genial
Zu halten, was wir machen, wenn wir spinnen,
Gelingt uns viel zu selten, die Papiere,

Auf denen steht, wir hätten freie Wahl,
Sind wertlos, die Gewehre wie von Sinnen,
Reliefgravuren, tief gestochene Stiere.

RELIEFGRAVUREN, TIEF GESTOCHENE STIERE,
Die Jagd schon auf dem Holz, Analogien,
Vorweggenommen, bis die Tiere schrien,
Getroffen mit dem Handstichel, verliere

Ich jetzt den Mut, laß ich den Kolben sinken,
Von hier ist Mexiko nur knapp zu sehen,
Ob Ratten sich mit Bergen gut verstehen,
Wer weiß das alles, ohne was zu trinken.

Die Nächte hier mit Holly, fünfundvierzig
Prozent der Brust sind oberhalb der Warze
Und fünfundfünfzig unterhalb, ich giere

Nach deinem Haargeruch, Gehölz mit Pfirsich,
Zuhause Bernsteinfliegen, hier nur Harze,
Die Ehrfurcht vor dem Leben toter Tiere.

DIE EHRFURCHT VOR DEM LEBEN TOTER TIERE,
Opuntia bigelovii, Gila Monster,
Ich hoffe, du kommst niemals für umsonst her,
Nur weil ich auf dein Bleiben spekuliere.

Das Leben hier in Arizona, eegee's
Delicious frozen fruit drinks, unsere Kinder
Ernähren sich im Winter viel gesünder,
Kein Alkohol, sie joggen, hören Pixies,

Studieren Politik und wollen später
Die Guten rächen mit den eigenen Waffen,
Im Stil von Chevalier de Lagardère.

Sie kennen nicht die Ängste ihrer Väter,
Weil ihre Wünsche auseinanderklaffen,
Ich glaube nicht, daß ich ein Scheusal wär.

ICH GLAUBE NICHT, DASS ICH EIN SCHEUSAL WÄRE,
Wenn wir zusammen in Sky Island leben,
Den Schnaps begreifen, uns in Not begeben,
Das Alter feiern und das Ungefähre,

Das Ungefähre des Zusammenlebens,
Das Stammeln und das Jagen in den Nächten,
Die Krankheitsbilder von den selbstgerechten
Veräußerungen an Gefühl, vergebens

Bedenken wir die Wesensunterschiede,
Ich hab genug von der Sky-Island-Scheiße,
Wir leben hier im Wald von wilden Schlehen,

Gedächtnispilz im Land der Fungizide,
Erinnerst du dich an die Oder-Neiße,
Wir lieben uns, falls wir uns wiedersehen.

WIR LIEBEN UNS, FALLS WIR UNS WIEDERSEHEN,
Verzichten auf den Tod, Prunus spinosa,
Gepierctes Unterhemd, la Penserosa,
Ich laß dich hinter die Gardine gehen,

Im Fairfield Inn, die Minibar beleuchtet,
Entwurf von eigenen Münzen, Jared L.,
Gehirnkontrolle, neue Währung, grell,
Die Straße vor dem Safeway angefeuchtet.

Das Tucson Festival of Books, maybe,
Die Angst vor der Regierung an der Ecke,
Lunatic fringe, wir machen vorher Knick-Knack.

Die Laken frisch, ein Fleck oder ein Baby,
Wir treffen uns im Sand auf halber Strecke,
Die Flüsse in der Wüste sind ein Pack.

DIE FLÜSSE IN DER WÜSTE SIND EIN PACK,
Wir wollen nicht mehr über Grenzen gehen,
Die Heimat hat dabei nichts auszustehen,
Die einunddreißig Schüsse, who the fuck

Is Jared Loughner, die Surfaces Band,
Die Tortolita Middle School, Marana,
Der Pinal Airpark, Luft und Upadana,
Die alten Flugzeuge, vom Job getrennt,

Ein gutes Omen, wenn sie hier geparkt
Und vorbereitet werden zum Verkauf,
Die Stellplätze in Greenwood, du genießt

Den Unterschied auf dem Verwertungsmarkt,
Verschrottungskenntnis setzt noch einen drauf,
Vermeide, daß du deinen Mund verziehst.

VERMEIDE, DASS DU DEINEN MUND VERZIEHST,
Weil du dich mit mir langweilst, Paper Moon,
Ein Vater hat mit seinem Kind zu tun,
Die letzte Abspielposition, du siehst

Zur Zeit der Großen Depression in Kansas
Den Wolken von Bogdanovich die Trägheit
Der letzten Jahre an, nur Trixie Delight
Verzaubert mich im Auto letzten Endes.

Du wirst dir kaum etwas gefallen lassen,
Ein Mann will nichts als bei dir zeichnen lernen:
Nur eine Frucht und wie Gardinen wehen.

Ich brauch von jetzt an nie mehr aufzupassen,
Du kannst dein Finya-Bild noch nicht entfernen,
Ich seh dich in Europa tanzen gehen.

ICH SEHE DICH IN EUROPA TANZEN GEHEN,
Die Haare offen und das Décolleté,
Dezember und die Vorahnung von Schnee,
Erkälte dich nicht so im Handumdrehen.

Es war einmal in Tucson, Arizona,
Ach wär ich nur mit Esel und mit Boot
Gereist, ich brachte Menschen dort in Not,
Beim nächsten Mal flieg ich nur nach Pamplona.

Ich sitze nun auf meinen Reisespesen,
Die ich in Euro zahlte, nicht in Dollar,
Der Kurs ist jämmerlich, auch der Betrag.

Ach wär ich nie in Übersee gewesen,
Indianer kriegen auch kein Honorar,
Tohono O'Odham, San Xavier del Bac.

TOHONO O'ODHAM, SAN XAVIER DEL BAC,
Sie jagten Eidechsen und Eselhasen
Und hielten in den kriegerischen Phasen
Zur Army, gegen das Apachenpack,

Als Scouts und Söldner unterstützten sie
US-Soldaten, hundertfünfzig Krieger,
Nach jedem toten Feind mußte der Sieger
Sich Reinigungen unterziehen, die

Genau nach sechzehn Tagen endeten,
Die Friedenszeit verbrachten sie in Zelten,
Es gab nur Windschirme, durch die der Sand blies,

Two-Villagers, die Salz verwendeten,
Die Tage in Familie waren selten
Und steck die Haare hoch, wenn du ihn siehst.

DU STECKST DIE HAARE HOCH, WENN DU IHN SIEHST,
Die Hände bleiben unten, du erträgst
Es kaum, wenn andere mit ihm sprechen, schlägst
Den Wechsel vor, ins Nebenzimmer, schließt

Dich ein, im Bad, benutzt nur Kamm und Creme,
Ihm fällt kaum auf, daß du dich so veränderst,
Mir geht es gut, anhand deines Geländers,
Doch jetzt zu gehen, wär ich zu bequem.

Ich schreib dich ab für diesen Abend, hänge
Mit anderen zusammen, trinke, rede.
Am Morgen hab ich dir verziehen, daß

Nur ein Mann länger blieb, im Flur, Gedränge,
Du denkst, ich kriege, wenn ich winke, jede.
Coyoten in den Höfen, Javalinas.

COYOTEN IN DEN HÖFEN, JAVALINAS,
Gedulde dich, wir sind in Sicherheit,
Wir schweigen während der Betrachtungszeit,
Pantano Wash, die Regenzeit, between us.

In Summerhaven haben wir Gewehre,
Reliefgravuren, tief gestochene Stiere,
Die Ehrfurcht vor dem Leben toter Tiere,
Ich glaube nicht, daß ich ein Scheusal wäre.

Wir lieben uns, falls wir uns wiedersehen,
Die Flüsse in der Wüste sind ein Pack,
Vermeide, daß du deinen Mund verziehst.

Ich sehe dich in Europa tanzen gehen,
Tohono O'Odham, San Xavier del Bac,
Und steck die Haare hoch, wenn du ihn siehst.

ANMERKUNGEN

Diese Platten waren beim Schreiben für mich unabdingbar: The Malady of Elegance von **Goldmund**, The Year of the Leopard und Roaring The Gospel von **James Yorkston**, Departures von **Message to Bears**, Rivers Arms von **Balmorhea**, Mountains und Sewn von **Mountains**, Dusk von **Danny Norbury**, The Last Days of Time von **Fjordne**, Acoustic Tales von **Field Rotation**, A Winged Victory for the Sullen von **A Winged Victory for the Sullen**, Lumière von **Dustin O'Halloran**, Los Musicos Perdidos von **The Boats**, A Different Kind Of Fix und Flaws von **Bombay Bicycle Club**, La Catedral von **Daisuke Suzuki** und **Agustin Barrios Mangore**, Gaspard de la Nuit von **Walter Gieseking** und **Maurice Ravel**, Stray Age von **Daniel Martin Moore**, The Gnostic Preludes von **John Zorn**, Sings Reign Rebuilder und Telegraphs In Negative/Mouths von **Set Fire to Flames**, From Eagle To Sparrow von **Kristofer Aström**, Flight Of The Crow von **Passenger**, Home von **Elephant Parade**, Four Last Songs von **Elisabeth Schwarzkopf** und **Richard Strauss**, Les 50 Plus Belles Chansons von **George Moustaki**, Grace von **Haruka Nakamura**, ... Until We Felt Red von **Kaki King**, Found Songs von **Olafur Arnalds**, Floriographie von **Moddi**, Every Kingdom von **Ben Howard**, Toward The Low Sun von **Dirty Three**, Toranj von **Mohsen Namjoo**, Solo Piano von **Lutz Gerlach**, Courting Autumn von **Pamela Wyn Shannon**, Over The Sea/Under The Water von **Cicada**, Iron von **Woodkid**, Replica von **Rauelsson** und **Peter Broderick**, Plaisirs D'Amour von **René Aubry**, In The Evenings Of Regret von **Grace Cathedral Park** und Music With Changing Parts von **Philip Glass**.

Pinguine: Flugunfähige Seevögel auf der Südhalbkugel.
In den 30er Jahren des 20. Jhdt. wurden mal 14 Pinguine am Nordpol ausgesetzt. Sie bildeten aufgrund ihrer geringen Anzahl zwar keine Kolonien, überlebten aber in gutem Zustand. Ich weiß genau, wovon ich rede.
Bis in die Mitte des 19. Jhdt. lebte in der nördlichen Polarregion ein ähnlicher flugunfähiger Vogel: der Riesenalk. Die letzte verläßliche Sichtung dieser Art erfolgte 1852.

So wird Nacht gemacht: Gedichtzeile von Ernst Meister. (1911–1979)
Gedanken zum Ernst-Meister-Preis 2012.

Gretzkys Büro: Der Bereich direkt hinter dem Tor, benannt nach der ehemaligen kanadischen Eishockey-Legende Wayne Gretzky.

Laßt uns an den Beginn der kalten Jahreszeit glauben: Gedicht von Forough Farrokhzad, das erst nach ihrem Tod publiziert wurde.

Die Abenteuer des Chevalier de Lagardère: Mantel- und Degenfilm aus dem Jahre 1967.

Tohono O'Odham: Ein Indianerstamm im heutigen Südwesten der USA sowie im Norden Mexikos.

Dank an: Janusz Podrazik und Gioia Meller Markovicz, Ezio Toffolutti, Gaston Salvatore, Susanna Böhme-Kuby, Stefania Sbarra, John Unrau, Petra Schäfer, Sabine Meine, Michaela Böhringer, Francesca Rottigni, Teresa Da Col, Samira, Gerd Trautmann, Moritz Gagern, Anne Marie Dragosits, Conny Schleime, Fran, Steve und Elizabeth Martinson, Sabine Koehler-Curry und Pat, Shelmi, Fri, Melodie, Max Sessner, mein Schwesterchen, Matteo, Mirjam, Steppn, Stebbie, Ricky, Feridun und
Eva, Eva.

Markkleeberg, Ahrenshoop, Venedig, Mölbis. (2010–2012)

INHALTSVERZEICHNIS

I
lose bis selten

6	Ich werde solange mit dir am Strand spazieren
9	Wir lassen uns zu selten gehen
10	Nachdem ich die fünfhundert Kilometer
11	Ich sehe Gespenster, so wird Nacht gemacht
12	Gestrandet und begossen
13	Die junge Doktorandin aus der Nähe von Paderborn
15	Ich werde wohl nie eine Prager Freundin haben
17	Die Ameise hier auf meinem Küchentisch
19	Du brauchst dich niemals mehr für mich zu schämen
20	Notizen über Möwen und Gedärme
21	Es sind die letzten schönen Tage hier
22	Vereinigungen, Trost, das Meer im Flur
23	Für einen Tag war ich Geschäftsführer
24	Erbärmlich ist der Umgang mit den Worten
25	Das Einfachste: sie meiden die Vergleiche
26	Ich riß den Scheißhausfliegen ab und zu
27	Ich bin mit meiner Ameise gegen Ezra Pound angetreten
28	Hotel Karin, Dorf Tirol, zwölfter Juli
30	La Playa, Handelszentrum, Abendrot

II
ev. später

34	Bisweilen kommt es vor, daß Lebenslust
35	Natürlich kommt es vor, daß Skizzenblöcke
36	Zusammen kochen, Tango-Kurs, Museum
37	Ich glaube, du erzählst nichts mehr von ihm
38	Nach Ostern dachte ich, es sei von Nutzen
39	Ich ein, zwei Wochen wird es fast ein Jahr
40	Es hat auch einen Nachteil, zu vergeben
41	Du kennst das, nicht zu Hause aufzuwachen

42 Ich hatte Gäste, du warst unterwegs
43 Der Männer und der Frauen wegen

III
la serenixima

46 Wir denken uns die Seltenheit und trinken
47 Ich bau in meinem Waschbecken Venedig
48 Ein Kopf an einem Kopf ist nie zu wenig
49 Die Straßenbahnen müssen hier nicht blinken
50 Seitdem du weg bist nehme ich ab, verzeih
51 Ich werde solange dein Freund sein, bis du liebst
52 Kannst du dich noch erinnern, was du schriebst
53 Hab keine Scheu, ich habe Angst für drei
54 Als Freund etwas zu taugen, nie als Liebster
55 Erspare mir diese Demut, wenn ich bleibe
56 Familienglitzern abwehrender Hände
57 Der Mann an deiner Seite, wie verblieb er
58 In Liebe oder Ablehnung, in Liebe
59 Es tut mir leid für dich, das ist das Ende
60 Wir denken an die Seltenheit und trinken

IV
günaydin askim

64 Briefe

V
miram fahmidi

94 Wir nehmen Hafis, Rumi, reine Drogen
95 Den Steinen sieht man das, was zählt, nicht an
96 Wir beide wären lange losgefahren
97 Ich bin mit einem Streichholz losgezogen

98   Warum dauern Kontrollen hier so ewig
99   Choreschte Fesendjan und Scholesard
100 Ich werde dich nicht anrühren auf der Fahrt
101 Wir stimmen sie mit unserer Trauer gnädig
102 Nur Vierteltöne und Verzögerungen
103 Kein Kopf in einem Tuch wird jemals kleiner
104 Ich habe nichts über mein Land zu schreiben
105 Die kalte Jahreszeit mit Steigerungen
106 Der Apfel hier in meiner Hand ist deiner
107 Es ist zu unsicher, dich nicht zu lieben
108 Wir nehmen Hafis, Chayyam, reine Drogen

VI
summerhaven

112 Coyoten in den Höfen, Javalinas
113 Gedulde dich, wir sind in Sicherheit
114 Wir schweigen während der Betrachtungszeit
115 Pantano wash, die Regenzeit, between us
116 In Summerhaven haben wir Gewehre
117 Reliefgravuren, tief gestochene Stiere
118 Die Ehrfurcht vor dem Leben toter Tiere
119 Ich glaube nicht, daß ich ein Scheusal wäre
120 Wir lieben uns, falls wir uns wiedersehen
121 Die Flüsse in der Wüste sind ein Pack
122 Vermeide, daß du deinen Mund verziehst
123 Ich sehe dich in Europa tanzen gehen
124 Tohono O'Odham, San Xavier del Bac
125 Du steckst die Haare hoch, wenn du ihn siehst
126 Coyoten in den Höfen, Javalinas

128 **Anmerkungen und Dank**

132

THOMAS KUNST

Biographie

geboren 1965 in Stralsund/Ostsee
1984 Abitur
1986 Pädagogikstudium – abgebrochen
1987 Beginn der Arbeit als Bibliothekarischer Mitarbeiter in
Leipzig
Lyriker und Musiker
Mitglied des P.E.N.

Bibliographie

Besorg noch für das Segel die Chaussee. Gedichte und eine Erzählung, Reclam Leipzig, 1991

Die Verteilung des Lächelns bei Gegenwehr. Gedichte und Texte, Connewitzer Verlagsbuchhandlung Leipzig, 1992

Medelotti. Gedichte, Druckhaus Galrev Berlin, 1994

Der Schaum und die Zeichnung vom Pferd. Gedichte, Kowalke Verlag Berlin, 1996

Martellis Untergewicht. Roman, Kowalke Verlag Berlin, 1998

Die heftigen Strände der Doresa Mandolf. Erzählung, Buchlabor Dresden, 2000

Rein theoretisch adieu. Hörbuch Gedichte und Musik, Edition Erata Leipzig, 2002

Mitleid in Toronto: „leale senza donna", Musik-CD, Villa Massimo Rom, 2003

Was wäre ich am Fenster ohne Wale. Gedichte, Frankfurter Verlagsanstalt, 2005

Sonntage ohne Unterschrift. Roman, Tisch 7, Köln 2005

Vergangenheit für alles. 12 Sonette mit Kaltnadelradierungen von Sighard Gille, Edition Mariannenpresse, 2008

Estemaga. Gedichte, Edition Rugerup, Hörby, 2008

Strandkörbe ohne Venedig. Romanresignation mit Soundtrack, Plöttner Verlag, Leipzig, 2009

Legende vom Abholen. Gedichte, Edition Rugerup, Hörby, 2011

Auszeichnungen

Dresdner Lyrikpreis, 1996
Amsterdam-Stipendium, 1998
Villa-Massimo-Stipendium, 2003
F.-C.-Weiskopf-Preis der Akademie der Künste Berlin, 2004
Stipendium der Deutschen Studienstiftung in Venedig, 2010